マイホーム山谷

末並 俊司

[日] 末井俊司 著　　王家民 译

山谷，
我的家

上海译文出版社

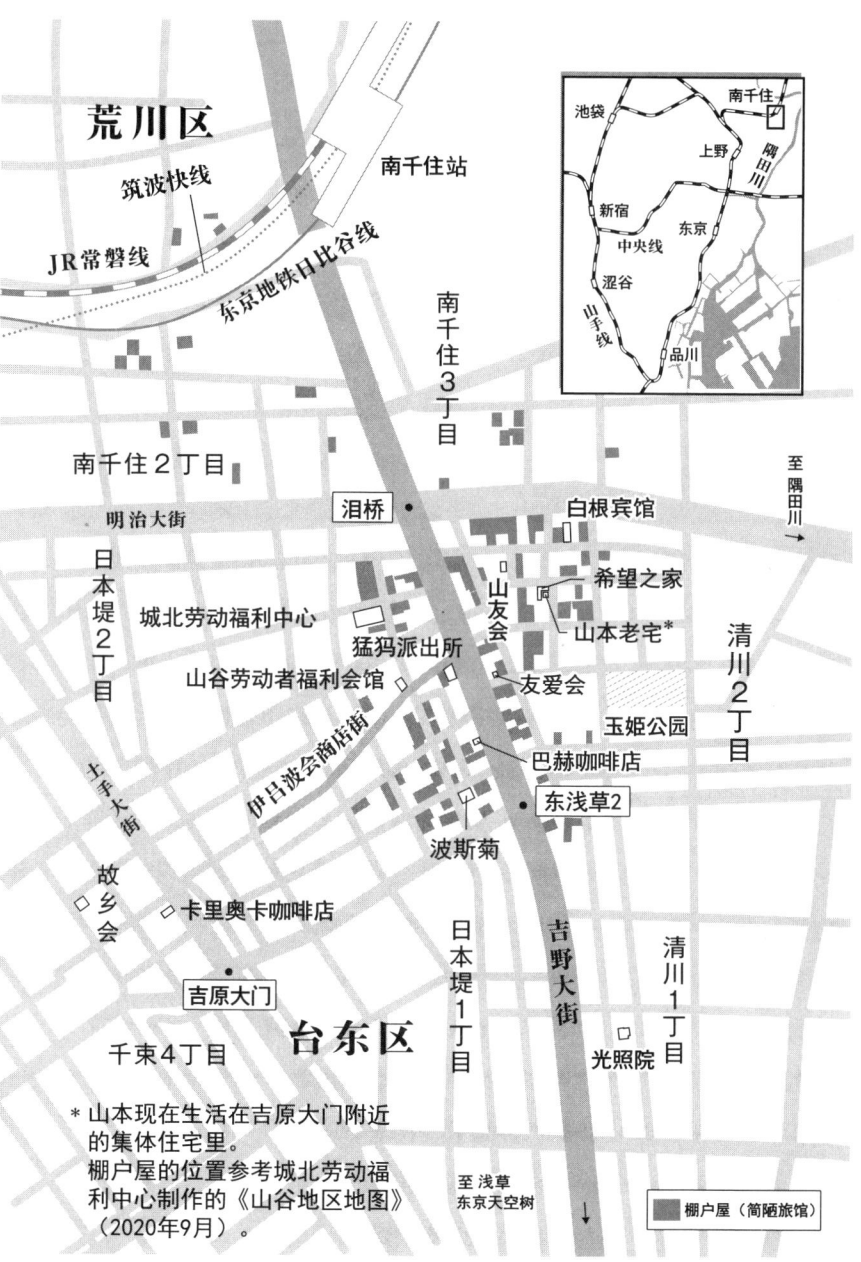

* 山本现在生活在吉原大门附近的集体住宅里。
棚户屋的位置参考城北劳动福利中心制作的《山谷地区地图》（2020年9月）。

地图／TANAKA Design

目 录

序章　山谷、护理、山本 / 1

第一章　外来者的聚集地 / 15

第二章　"希望之家"的诞生 / 37

第三章　破碎的墙与破碎的心 / 69

第四章　"山谷体系"：乌托邦还是梦想成真？ / 115

第五章　山谷的特蕾莎修女的告白 / 145

终章　山谷，我的家 / 169

尾声 / 177

主要参考文献 / 183

作者的取材笔记 / 185

与上野千鹤子同行，探访棚户街山谷的"理想照护" / 195

序章
山谷、护理、山本

咚！咚咚！咚咚咚！……

我在马路中间走着，突然从身后传来一阵闷闷的爆裂声。

我条件反射似的转过身来。

只见一位大叔双手插在灯笼裤口袋里，在踢打一个塑料大桶。

那空桶在完成了两三次大弹跳后，滚到了路边的角落里。

我是杂志撰稿人，这天为了采访一家企业，造访了横跨东京都台东区和荒川区部分区域的山谷地区。时间是2011年5月。2个月前发生了东日本大地震，那时全日本都被笼罩在阴沉的空气中。

从东京地铁日比谷线的南千住站南口出来，在左手边的灰色天桥上往浅草方向望去，赫然矗立着即将落成的东京天空树。从天桥走上几百米，就到了泪桥的十字路口，前方那一片就是所谓的山谷棚户街。已是傍晚5点多，西边的天空快要黑了，此时的山谷的街道与对面刺向苍穹的天空树的身姿形成了鲜明对比，整体上给人一种低垂头颅的印象。

山谷是与大阪的釜町（大阪市西成区）、神奈川的寿町（横滨市中区）齐名的三大集市之一。日本先后经历了第二次世界大战后的复兴期、朝鲜战争的特需景气①、1964年的东京奥运会以及随后的经济高速增长，在这些历史进程中，山谷作为体力劳动者的输送源，发挥出支撑日本发展的作用。

我事先做了些攻略，凭着大致的记忆走在山谷，似乎不知不觉就踏入了街区的中心地带。城北劳动福利中心前的街道上聚集着一群男人，看样子像是流浪汉。躺在绿化带里的人。靠在电线杆上喝酒的人。阳光下蹲在马路边叼着烟头的人。一边走路一边嘟囔着什么的人。

眼前的风景于我是一种不寻常。虽然只是走着，却感到了不安的视线。然而前面并不是什么私有之地，而是公共道路。向右转依然感觉到一种异样。我只能尽量做到不东张西望，径直走向前方。

离开不安的视线，在刚拐过街角的瞬间，爆裂的声音就传到了我的耳朵里。

那个踢塑料桶的男人，双手插在口袋里，大声喊叫了

---

① 朝鲜战争时期，美国从日本订购大量军需用品，给日本带来24亿美元的收入，推动了日本经济复兴。日本称这种因战争、灾害等特殊事件而陡增的需求为"特需"。[本书脚注皆为译注]

几声，但我没有听清内容，只好缩着脖子，边嘟囔着"对不起"边快步离开。

后来，当我把事情的经过告诉一位前辈作家时，他笑话我说，是我戴着的采访企业时用的领带让那位大叔不高兴了。

和山谷的初次见面并不愉快，但是从中心看到那个风景的时候，不知道为什么就松了一口气。我自己也是一名随时面临失业风险的自由职业者。也许从流浪汉的身影中看到了明天的我，我虽然现在比他们过得要好一些，但如果今后失去了一切，那么来到这里就能解决问题。——我觉得我有这么一种傲慢的想法。这是一种轻蔑和同感交织在一起的不可思议的感觉。

当初的目的——企业采访——顺利结束。然而，山谷街道的景象始终挥之不去。记得那年年末，我意外地作为一名志愿者，参与了由山谷劳动者福利会馆活动委员会举办的跨年越冬做饭送餐活动。时至今日，我仍不清楚为何会萌生这样的念头。过去的我，从未在任何一个领域担任过志愿者。我想为有需要的人做点什么。我也并非怀揣着崇高的志向。但内心深处，我渴望更深入地了解这个社区。自此，每年在山谷举办的年终做饭送餐活动，我都会作为一名志愿者投身其中，那是我每年都要参加的例行活动。

2014年，开始奔波于山谷事务后不久，我的父母相继失去了生活能力，我开始配合姐姐姐夫在家看护父母。看着迅速变老的父母，在为他们提供呵护的过程中，我渐渐地对护理的世界产生了兴趣。

不管怎样，我还是要真正地干一下看看，2017年2月，我考取了初任护理人员研修结业资格（旧护工2级），我以我自己的方式在这方面进行了大量的学习。我的兴趣与日俱增，还把身为作家的工作重心放在了护理和福利事业方面。

也就是在这个时候，一位名叫"山本雅基"的人进入了我的世界。

作为山谷中为无家可归者而设立的临终关怀设施"希望之家"的创立者，他在护理和福利事业界是一位出了名的人物。

山本先生于2002年，以特蕾莎修女在印度加尔各答设立的"临终者之家"为原型，创立了"希望之家"。该设施于2006年取得了NPO（非营利性组织）法人资格，至今在众多支持山谷地区福利事业的NPO中，也一直发挥着核心作用。

希望之家是一家积极致力于接收那些流落街头、身心有严重疾病的人，以及因其他原因而生活困难的人的设施。在外出陪护、金钱管理等现有医疗护理保险服务难以触及的实际生活的细微之处，那里的工作人员会像家人般地关心照顾每一位入住者，为他们提供心灵陪伴，直到他们离世。不少入住者因为没有保证人等原因，一般的医院是无法接收的。山本和妻子美惠拉扯经营着希望之家，如今它已经走过了约20年的历程，共照顾了220名以上的入住者。

山本夫妇的活动得到了认可，二人于2007年获得公益财团法人及社会贡献支援财团的社会贡献者奖。2009年，纪念特蕾莎修女诞辰100周年的纪录片《与特蕾莎修女一起生活》（千叶茂树导演）上映，影片对希望之家进行了大篇幅的介绍。

希望之家引起关注的最大契机是2010年1月上映的山田洋次导演的电影《弟弟》。该片中的"绿色之家"就是以希望之家为原型的。设施负责人山本和担任护理主任的妻子美惠也成为电影人物的原型，影片中由小日向文世饰演设施负责人、石田百合子饰演护理主任。

在作品中，笑福亭鹤瓶饰演的主人公的弟弟有直接把酒倒进胃造瘘里而喝得醉醺醺的场景，这是在希望之家实际发生过的小故事。这虽然按照一般的常识是无法想象的，但出于山本"想让入住者最后的日子过得充实"的愿望，当时的希望之家还是容忍了这样的行为。

山田洋次导演在制作电影时，曾参考山本雅基的著作《东京的棚户街：在山谷开启临终关怀》。他还实际采访过希望之家的设施情况。在电影上映之际重新出版的该书的修订版序言中，他这样写道：

> 我与工作人员约好在山谷有名的巴赫咖啡店见面，于是第一次漫步在通往希望之家的路上。彼时，一名身材曼妙的女子骑着自行车"嗖"的一声驶过来，笑着打招呼说："您是松竹公司的吧？我是山本。"她接着笑着说："现在有位有徘徊癖的入住者失踪了，我要

去找他。欢迎你来，我很快就会把他找回来的。"说完，她便若无其事地骑车而去。啊，这个人就是在书上读到的美惠啊，想到这不禁心头一震。（中略）见到山本夫妇后，总觉得"啊啊，世上有这样的人"，这下算是得救了。

可能是对希望之家和山本夫妇印象颇为深刻吧，山田导演在东京的摄影棚内，制作了忠实再现希望之家内部装修的布景来进行拍摄。甚至连山本本人都说："这简直就跟在现场拍的一模一样。"就在《弟弟》公映的同年12月，NHK的《行家本色》节目以"拥抱生命在山谷"为题报道了希望之家的故事。第二年2011年9月，山本获得每日新闻社会事业团主办的每日社会福利奖。除此之外，希望之家还被电视、杂志、报纸等众多媒体报道，有人称山本为山谷的奥斯卡·辛德勒，称他的妻子美惠为山谷的特蕾莎修女。

感受到山谷这座城市的魅力，进而对护理产生了兴趣，我陆续参与了很多有关福利事业领域的采访。在知道了山本先生的存在之后，我就想着什么时候去采访他一下。

如前所述，我与姐姐夫妇一道，继续对处于失能状态的父母进行在家护理，但2017年10月母亲去世，半年后的2018年4月，父亲又紧随母亲而去。我接连失去了双亲，而且我们是在家中手握着手看护二老的。这些经历让迟钝的我也备感压力。我一整天都会被莫名其妙的不安驱使，工作上也无精打采，经常在没事的时候突然感到窒息而呆坐着。

现在想起来那该是处于抑郁状态吧。像当时的我一样，在失去重要的人时被抑郁症状困扰的人似乎并不少见。我的心在悲鸣。

第一次见到山本雅基，是在 2018 年的 8 月。

我在网上搜到了当时很火的山本的个人博客。我按照上面的邮箱地址发了封信，说是想当面讨教，很快就收到了"随时欢迎你来"的回复。

我满怀期待。不管怎么说，他是一位创立了那个希望之家，被称为山谷的辛德勒的人物。

现在回想起来，我主动接近山本，其实是为了寻求某种救赎。他在山谷创建了一个不可或缺的看护设施，为许多生活艰难的人们提供了救助。我相信，他应该能对这些问题给出答案："死亡究竟是什么？""照顾病人是一种怎样的体验？""失去亲人后该如何继续生活？"这样的话，山本的话语与我的亲身经历就会相互交织，它们能成为支撑我未来生活的坚实基础。从他口中我一定能听到让失去双亲的悲痛瞬间消散的话语。我当时就是这样想的。

然而，我等到的却是与期待大相径庭的现实。

2018 年 8 月 19 日。我第一次去山本的家。当时 56 岁的山本住在毗邻希望之家的一栋房子里。

玄关旁边外墙的信箱上贴着写有"一般社团法人硬件

城山谷执行委员会""山本雅基灵力·古典音乐研究会"的展板，信箱上面是圣母马利亚像。另一面墙上是圣母马利亚的雕塑，刻画她抱着从十字架上卸下来的基督的形象，即所谓的圣母怜子像和"山本艺术文化生活综合研究所"的展板。我有了一种非同寻常、岌岌可危的感觉，产生了强烈的违和感。但希望见面的毕竟是我。

按下门铃，稍等片刻，敦实肥硕的主人打开了门。

他的衬衫上有着明显的吃漏嘴的痕迹，肚子上的赘肉紧紧地挤压着裤子，使得拉链只能拉到一半。

"我在等你呢。请进。"

他以一种慢悠悠的姿态邀我进入，把我领向他自己的房间。沿着狭窄的走廊一直走到尽头的楼梯处，我跟着山本上了二楼。

走上楼梯便是客厅兼餐厅，水槽前面摆放着漂亮的沙发，沙发正面是大屏幕电视。屋内弥漫着一种像是陈旧食物和芳香剂混合在一起的浓烈的异味。在走向沙发的三四步的距离内，我那穿着袜子的双脚仍能感到黏黏糊糊的。也许是啤酒洒在了地板上，两三天也没人管的缘故吧。

昏暗的室内，几个富有西方韵味的彩色灯泡洒下柔和的光芒。四周墙壁上，悬挂着几幅以圣经故事为题材的画作复制品，主题为基督复活、创造亚当等。厚重的窗帘紧闭，将外界光线完全阻隔。房间里摆满了大大小小的话筒，办公桌旁放着一个会让音响发烧友激动兴奋的电子管功放。

这场景让我想起了玄关墙上的那块写着"古典音乐研究会"字样的展板。在玄关处感受到的某种模糊的心结逐渐清晰明朗起来。

我四下寻找美惠的身影，因为我一直以为山本夫妇二人是相处融洽的一对。

"美惠今天上班去了吗？"

山本凝视着我的脸说：

"我已经没有什么妻子了。她八年前就出走了。"

他的表情似乎在说，现在你问这个干什么。

要说八年前，正是电影《弟弟》的首映之际，夫妻二人共同参演了NHK的节目《行家本色》。美惠的出走让我颇感意外，我又重新问了一遍，但回答依旧没变。

山本重新落座在电视机前的沙发上，目光直愣愣地望着屋顶，举杯饮尽杯中那泛着泡沫的液体。或许那是一瓶久放无气了的啤酒。由于光线较为昏暗，他的脸色难以分辨，但灯火映照下的脸颊与额头，像是被高黏度的不健康汗液覆盖了一层薄膜一样，油光发亮。在体感湿度大的房间里，沉默愈发显得沉闷。

我目睹了山本先生家的样子、他的风姿、他的言行，我心中的山本雅基形象如同黑白棋中白棋迅速被黑棋占据，逐渐变了色调。

实际上，在2018年的今天，山本已经辞去了希望之家的理事长一职。当时博客上写着"吾欲整装再发，寻未来之路，且众人亦有决断，故辞去现有之职"等积极的语气，但从其本人的言谈举止来看，我当时就意识到这背后可能隐藏着"不得不卸任"的无奈。

一阵沉默降临，我找不到合适的词语。沉默似乎成了我们唯一的选择。为了打破僵局，我讲述了自己看护父母的经历。

从谈话互动中得知，山本也是在2016年，也就是两年前左右，失去了父亲。然后，他说了这样的话：

"我能与已故的父亲交谈，也就是所谓的灵界通信。"

这让我颇感无奈。

坦诚地说，这就是我当时的心情写照。

山本在接下来的一段时间里，用相当粗鲁的骂人措辞描述了自己如何遭受了不公正待遇，以及在希望之家被解职的经过。他还告诉我，他患有统合失调症[①]，是精神科医院的常客。

从那以后，我开始定期和山本先生联系。因为我产生了与当初抱有的不同的兴趣。其一是单纯的他与妻子离异和被解除董事长职务的丑闻。而其二则是在与山本继续对话的过程中，于我心中萌生的念头。

在我与山本先生初次见面的2018年的8月，卸任希望之家理事的他是没有收入的。他依赖父母的遗产以及将毗邻希望之家的自家房产抵押借款来度日。这样的日子并未持续太久，借款逐渐耗尽，他被迫搬离原有的住所。2020年11月，他搬到山谷的另一处，靠着领取生活救济独自生活。他患有严重的统合失调症，也曾向我倾诉过"总觉得有人在墙的另一侧监视着我"。病情导致他情绪异常低落，

[①] 中国称精神分裂症。

有时甚至无法从床上起身。药物的副作用使他双手颤抖，如厕频繁失败，甚至诱发癫痫，他曾多次向我致电表达"死了算了"。

如果客观地判断的话，他在症状稳定之前住院是比较妥当的。但是山本却表示"无论如何也不离开山谷"。

为何他对山谷如此执着？山谷对他具有重要的意义。而这也恰恰是我第二个兴趣之所在。

有一天，山本先生说出了这样的话：

"尽管我疾病缠身，靠领取生活救济度日，但正是这个名为山谷的社区让我活了下来。请你以我为蓝本，描绘出这个名叫山谷的地方。你可以述说我这个人的所有的失败和病痛。只有这样，你才能真正理解山谷。"

山谷这个地区，面临着诸多挑战。包括人口老龄化、贫困以及社会孤立。在那里，像山本先生这样身患重症、独自生活的人并不在少数。

这些问题是日本各自治体所面临的或将要面临的课题。但在山谷，由于其历史渊源，问题很早就显现出来了。因此，我意识到山谷正在运用其独特的发展体系来解决这些问题。这是我在与山本交往、交谈的过程中发现的。山本先生创立的希望之家也是该体系的重要组成部分。

曾经援助过无数需要福利之人的山本先生，如今也成了一个接受援助的人。深入了解山本先生那充满波折的人生历程，让我对探寻山谷中自然形成的福利机制萌生出了浓厚兴趣。

第一章
外来者的聚集地

"三更半夜居然要吃香蕉!"

"随便什么的都行,我要两份!"
那天我买的是便利店的便当。

2021年1月,一个冬日冷雨的夜晚,我盯着手机上的地图,向山本家进发。山本离开了长期生活的与希望之家相邻的房子,2020年11月搬到离东京地铁日比谷线三之轮站很近的一间单身公寓。搬家那天,我不仅采访了他,还帮忙搬运家具。虽然已经去过他的新家,但我还没能记住从三之轮车站到新家的路线。我是一个极度方向感缺失的人,只能依赖地图前行。

我一边看着有蜘蛛网般裂纹的旧手机屏幕,一边前行。途中我得去个什么地方把盒饭买好。

2018年,山本被诊断出患有统合失调症,他一直被这样的症状困扰:明明没有人,却感觉被墙那边的人监视着,早已离世的朋友的声音也会在他耳边命令他："去死吧。"尽管他按时服用抗精神病药物以抑制幻觉和幻听，但疾病带来的困扰却层出不穷。他的情绪波动剧烈，注意力难以集中，判断力下降，生活积极性也大不如前。因此，那些日常的基本行为，如准备饭菜、管理钱财、整理仪容等，都是他一个人无法完成的。

这样的山本，其生活是靠公共医疗保险的"自立援助医疗险"来支撑的。这是一项专为经济困难且需要长期治疗的精神障碍患者设立的制度。他每月接受医生两次来访诊疗，每周两次至三次的护士护理，每周两次的护工访问援助，以及每日两顿的外卖便当发放等生活支持。

自2020年底至2022年春天，山本的食欲急剧增长。这究竟是疾病的症状，还是药物的副作用，确切原因尚不可知，总之他的食欲难以控制。因此，限时配送的盒饭数量增加至每日三份。一旦盒饭送达，他便会将其一扫而空，到了晚上，饥饿感便将他折磨得无法忍受。于是，他便会毫不犹豫地拿起电话要吃的。

首先应对山本的是负责上门护理的护士。在大多数情况下，山本都会被护士劝告："你的体重最近增加太多了，还是稍微忍耐一下吧。"有时，山本会对此理解并表示接受，但有时，他也会无论如何都无法控制食欲。在这种情况下，他会给我打电话：

"我饿了，给我买点东西回来。"

从医疗角度来看，山本并没有被要求特别的饮食限制。但是对于接受上门医疗的人提出的要求，作为外行的我是不能直接答应的。话虽如此,听到电话里传来"我饿得要死了"这样急切的声音时,我就很难应付了。

不管怎么说,这事还得和专门负责的护士山下真实子女士商量一下。

结果这天她给我的答复是:"是这样啊,那可没辙了啊。那不好意思,你能帮我给他买便当吗?"

我在手机上搜索,寻找可以买到盒饭的店。雨打湿了屏幕画面,触摸操作的反应迟钝了。我撑伞更像是为手机遮风挡雨,而不是为我自己,冻僵的指尖在手机屏幕上滑动,放大缩小着地图……就在此时,有电话打了进来。屏幕上显示出山本雅基的名字。

"喂喂。"

"你现在在哪里?"

"我在三之轮车站附近。"

"赶紧的,我快饿扁了。"

"知道了,我马上就到。也就10分钟吧。"

"好吧。"

电话被挂断了。

在附近的"百姓菜篮"便利店买了两个汉堡肉便当,我赶到了山本的新家,那间狭小的单身公寓。一进门,山本正坐在床上等着我。

"现在就吃吗?"我问道。

"嗯,赶紧的。"

"那我用微波炉热一下吧。"

"不用了,就这样吃吧,凉着没事。"

"可是……"

"就这样吧。"

他的语气中流露出不耐烦。但真正不耐烦的是我……

但我还是努力将这份情绪压下,转而说道:

"那么,我把另一盒放到冰箱里吧。"

山本从我手里接过便当后,他的双手颤抖着总算剥去了覆盖在上面的塑料膜,然后大口咬向了肉饼。

"山本先生,如果你不能自己去买东西的话,那今后的日子就不方便了。"

"是啊。"他嘴里嚼着食物,含糊不清地回应。

"那你何不自己买些菜来做饭,什么时候吃都可以。还有,你可以买一些你喜爱的甜食。"

"是啊,我也想吃巧克力。"

"没错,巧克力也可以自己去买。"

"我现在就想要。"

"什么?"

"给我去买吧。"

统合失调症以幻听、幻视等症状为特征,患者不能很好地控制情绪,稍有不慎就会被别人认为是"任性",这也是该病的麻烦所在。虽然我明白这些,但自己的情绪也难以保持平稳。看着他全神贯注地享用别人购买的便利店便当,还要求买巧克力,这种行为让我倍感焦躁。

同时,我的脑海中浮现出《三更半夜居然要吃香蕉!》(渡边一史著)中的一幕。

那是一部纪实文学佳作,讲述了为患有肌肉萎缩症的鹿野靖明工作的志愿者们的奋斗故事。

疾病侵蚀了他的全身肌肉,使他仅能动弹颈部以上和手指尖的部分。因此,鹿野氏的生命365天、24小时都离不开他人的悉心照料。

某日深夜,在鹿野旁边设置的简易床上小睡的学生志愿者被鹿野的铃声吵醒。只见他说:"我肚子饿了,要吃香蕉。"平日里因鹿野的任性倔强而积攒了不少怨气的志愿者在睡眼惺忪中被叫醒,心中满是恼怒。然而,这位志愿者还是强压住心头火气,为他递上了香蕉。那一刻,紧张的氛围在两人之间弥漫。然而,当照顾结束,鹿野又对打算回床的志愿者说:"我还想再吃一根香蕉。"这一幕让志愿者心中的怒火瞬间熄灭。

读了上面这段描述,我感到在那个瞬间,那个志愿者必定醍醐灌顶般地明白了什么是重度残疾人的护理。

——也许山本也像鹿野一样,因为不能按照自己的想法来支配生活,感到极度不自由,所以想对包括我在内的周围人说些无理取闹的话。如果我现在为山本买来巧克力,或许能达到那种境界。

"好的。"

我站起身,再次走进"百姓菜篮",为他选购了一块乐天加纳牛奶巧克力。

享用完便当的山本,将床单拉至下巴,躺在床上。

"巧克力,我买回来了。"

"谢谢,你就放在那儿吧。"

"放在哪里？"

"桌子上。"

他指着刚才用来吃盒饭的移动式小桌子。

我按照他的指示，把杂乱的便当垃圾清理到一边，将巧克力放在桌子上。

"……"

怎么回事？真是奇怪？一股无名的怒火涌上心头。这与《三更半夜居然要吃香蕉！》所描述的境界相差甚远。我把这份可能的挫败感深埋心底，站起了身。

"那今天我就先回去了。"

"嗯。"

我在前门穿上鞋，转身看到了躺在床上无动于衷的山本那乱蓬蓬的头发。

我在连绵不断的雨中离开了他的房间。

这样的情形已经发生多次，他通常会在当天给我打电话，诚挚地道歉："刚才的事，对不起你了。"他的语气与先前完全不同，我仿佛是在与另一个人交谈。"但是，你看，你的书又有了新素材。"他总会说一些令人讨厌的话，但他也有他可爱的一面，自从与他相识，我一直过着与他若即若离的日子。

从援助他人到被他人援助

在支持山本先生整个生活的过程中，起到中心作用的是在山谷中心区域设立事务所的上门护理站波斯菊的护士们。

其中，前面提到的负责护理山本先生的护士山下真实子女士，也是这家护理站的代表。这家护理站自2000年起便开始在此地为社区居民提供服务，因此在山谷，山下真实子的名字早已家喻户晓。

2021年4月的一天，我见证了她是如何照护山本的。

在位于山谷伊吕波会商店街的上门护理站波斯菊的事务所（2021年5月迁至他处）见面后，我和山下女士一起前往山本先生的家。出发前，山下在附近的蔬菜店买了香蕉。

"最近山本吃便当总是剩下很多，问他想吃什么，他说要么是巧克力，要么是香蕉。"

"就在前几天他还说怎么吃都会饿。"

"是啊，但是现在他好像又吃不下了。"

我和山下边聊着边向山本先生家走去。

由于患有疾病，山本在许多方面都显得与众不同。吃成了他的一切。他有时会因为饥饿而不断打电话诉苦，有时却对快递送来的便当连碰都不想碰。他还对某些药物产生了固执的依赖，如果没有了这些药物，他会变得焦虑不安。情绪低落时，他有时会拒绝交流，有时又会主动提出出去散步。为了在观察病情的同时提高山本的整体生活质量，负责照顾他的护士们每天都要上门家访。

这是离山谷中心区域不远处的公寓里的一个房间。即便在大白天，房间的主人山本也习惯性地拉上窗帘，在昏暗中蜷缩在床上。

山下一进门便开口说道：

MY HOME SANYA

"是时候换换空气了,我帮你把窗帘和窗户都打开。"

"啊,好的,麻烦你了。"山本应声答道,一边懒洋洋地撑起身子,一边用略带抱怨的语气咕哝着。

房间的墙壁上悬挂着一张巨大的服药日历。日历上,每一天的标识下方都贴有一个标着早中晚字样的透明塑料口袋,里头分装着当天需要服用的药物。

山下一边收拾散落在床铺下的纸屑,一边查看这张服药日历。

"怎么啦,昨天傍晚和今早的药吃了吗?"

一瞧,前一天晚上的药袋里还装着药。

"因为我从昨天开始身体就不舒服。"

"是吗?真拿你没办法。"

山下取出当天中午的药,说道:"那今天就先吃这个吧。"然后把药递给坐在床头的山本。她又将桌上的瓶装水扔掉,从冰箱里取出一瓶新的水递过去。

冰箱里似乎还有吃剩下的盒饭。

"你还没胃口呢。"

"对,最近一直吃不下。"

"我寻思着香蕉的话你能吃下,就买回来了。"

她边说边把香蕉放进冰箱。

"饿了你就吃啊。"

"虽然盒饭吃不下,但是香蕉却可以,为什么呢?"

她低头注视着他的脸:

"山本,你的胡子和头发是不是太长了?你没和护工一起去理发吗?"

"是的,我不舒服,所以没去成。"

先前提到过,山本在家接受诊疗和护理服务。医疗方面由护士负责,而日常生活则交给上门护理的护工。看来理发这件事也需要护工的陪同。

"那这样,今天末并先生来了,我让他带你去理发如何?"

"今天还是算了吧。"

她边这样和山本说着话,边继续干着手头的活。

不仅对方的健康管理要做好,同时也要确保他们保持整洁的仪容,拥有良好的生活质量。

趁山本上厕所的时间,她开始更换床单。将换下来的床单放入洗衣机,按下开关。

洗衣服是没问题,但是等到脱水结束时,山下应该已经去了下一个访问地了。谁来晾晒衣物呢?我不认为山本能。

"明天会有护工来晾晒,要是你能顺便把衣服收了就好了。"她一边望着走出厕所的山本一边说道。

"嗯,如果身体好的话,我会收的。"

山本勉勉强强地点了点头。

"医院是治疗的场所,在家是生活的场所。我们上门护士的工作就是帮助他们。"

山下从洗衣机旁边拿出扫帚和簸箕,开始打扫房间。

"连这种事都得做。"我不由得喃喃自语。

"访视护士什么都做。"

接着,她将自来水注入空塑料瓶,为床畔的蓬莱蕉盆

MY HOME SANYA

栽浇水。

真的什么都要做。

稍作喘息,她又开始检查患者的身体状况。她坐在床边,紧挨着山本,为他测量血压、脉搏等数据,将结果如"血压,高压140,低压85"等记录在"协作笔记"上。

这个笔记本不仅记录了当日进行的照护详情,还详细描述了交谈中令人印象深刻的语句和情景。当天的页面上,她还额外注明:"友人末并先生来访。"虽然我对"友人"这个称呼略感疑惑,但也觉得再无更贴切的表达了。

独居者的居家照护,实则是一个由多职业组成的团队协作的过程。除了医生、护士、护工,有时还会有康复专家等的加入。他们通过协作笔记共享患者状况,以便在各自的照护工作中做出应对。

顺利完成这些工作,大约需耗时50分钟。山下换好垃圾袋后走出房间,轻声道:"那么,回头见。"

就在刚才,山本还在昏暗的卧室中沉睡,此刻他却露出了略显安心的神情,低语道:"要是再不踏实睡一觉,可不行啊。"

2021年7月,山本第一次接种了新型冠状病毒疫苗。接种手续全部是由山下女士代为操办的。山下是波斯菊的负责人,波斯菊提供的上门护理服务是受新冠疫情影响很大的领域。

山下这样描述新冠疫情带给山谷的困境:

"山谷感染者数目颇为可观,因此我们极为谨慎。在走访过程中,若发现有发烧症状的人,我们会尽力帮助他们到其常去的医院做核酸检测。尽管并未强制要求，但我们还是会向他们分别说明疫苗的重要性，建议大家尽早接种。"

然而，许多人都无法亲自完成疫苗接种的申请等手续，山本便是其中之一。

他解释道："我很少出门，感染的风险很小，所以我觉得没有必要，结果山下训我说'你要对社会上的事情敏感一些才行'，最后我还是妥协了。"

山下要做的不仅仅是疫苗接种的预约申请，还得安排接种当天的陪护。

"要特意给我请个护工。对不起，我一个人去不了。"

山下听取了山本的意见，确定了接种日期，并与护工站联系，确保有护工陪伴。安排到了这一步，山本先生终于可以一个人去接种疫苗了。

"接种的会场是台东区指定的上野精养轩（上野恩赐公园内）。我想起了身体还好的时候去精养轩吃过牛肉烩饭。在接种会场我再次感受到，必须要像当年那样恢复精神。"

这也是山下的初衷。她总是想方设法让山本走出去。"要对社会上的事情敏感"是她常挂在嘴边的话。或许她是想借疫苗接种之机，让山本与社会接触，即使只是一丝丝的交集。

"接种的第二天，山下就给我打了电话。大概是想确认一下有没有不良反应吧。这种情况并不常见，但我觉得上门护理站波斯菊的访视工作果然很厉害。"

山下真实子女士和山本雅基先生如今就是这样的救助与被救助的关系。但是，他们原本是共同致力于山谷福祉事业的同志般的合作伙伴。

2002年，希望之家建成之初，山本夫妇在探索中前行，得到了前辈上门护理站波斯菊护士们的关爱与支持。随着希望之家的运营逐渐步入正轨，双方便形成了相互扶持的关系。山本先生和山下女士可以说是以山谷为基础活动的援助者们的先驱。

然而，他们二人的成长历程与山谷并无什么渊源。山本出生于千叶县习志野，出生后即移居东京目黑区。因父亲工作原因，他辗转于全国各地，直至十几岁。另一方面，山下出生于东京都港区青山。用她自己的话说，她"原来可是个大家闺秀"。就是这样的两个外来者在山谷的街头不期而遇。

山本先生这样说："想在山谷进行福利活动的人很多。这并非唯一原因，山谷的护工和护士中，有许多曾是青年海外协力队的活跃分子。"

波斯菊的山下年轻时曾在东京品川区的国际救援中心（1983年至2006年）为越南难民提供援助。山谷的街道仿佛有一种特殊的魅力，吸引了这些外来的有志之士。早在江户时代，人们便开始了对这片土地的耕耘，催生出了这种独特氛围。

从工人之街到老人之街

江户时代就有的"山谷"这个地名，现在已经不存在了。1966年（昭和四十一年）随着住所标识的变更，"山谷"这个地名消失了。从那时起地图上不见了"山谷"字样,之后"山谷"仅作为通称保留了下来。

东京都福祉保健局编纂的《山谷地区:住宿者及其生活》(2019年3月)中有如下内容:

> "山谷"这个地名,从江户时代就开始存在,昭和四十一年以前,现在的住所标记中的清川一、二丁目和东浅草二丁目的一部分为"浅草山谷一丁目到四丁目"。

但是现在,横跨东京都台东区和荒川区的约1.7平方公里的区域被统称为山谷地区,该地区密布着简易宿舍,也就是常说的棚户屋。所谓"棚户屋"是一个隐语行话,将意为旅馆的"宿"字倒过来念①,意指不能称为旅馆的简陋旅馆。住一晚的价格在1500日元到3000日元左右②。

这一带,在江户时代曾经是巨大的红灯区吉原以及以砍头场闻名的小冢原刑场的所在。另外,这里也曾是日光大道和奥州大道③的主要驿站区,专门提供临时住宿的大车店式的木制小旅馆鳞次栉比。

泪桥可以说是棚户街的入口,它只是作为十字路口的

---

① "棚户屋"的日语原文为ドヤ,读作doya;"宿"在日语中读作yado。
② 约合75元到150元人民币。
③ 日光大道和奥州大道与东海道、中山道、甲州大道并称"江户五大道",这五条中央管理的路线是日本江户时期连接首府江户(今东京)与外省的最主要的交通路线。

名称保留了下来，昔日有一条名为思川的河在这里流过，过了河上的桥就是小冢原的刑场。犯人被绑赴刑场时，过桥回望江户方向，不禁泪流满面，据说泪桥因而得名，但其名的真实由来尚无定论。

1896 年（明治二十九年），为了运输福岛县常磐煤田的煤炭，位于泪桥十字路口荒川区一侧的隅田川站投入使用。大量负责卸货的工人从各地汇聚至此，得益于周边木制租赁旅馆的聚集，从那时起，这里成了体力劳动者的聚集地，逐渐繁荣起来。

山谷地区走过大正时期①、昭和时期②，经历 1923 年（大正十二年）关东大地震，迎来了第二次世界大战这一转折点。由于多次空袭，东京变成了一片焦土。废墟中充斥着战争孤儿、伤残军人、因战争丧夫的妇女，以及因空袭烧毁房屋而无家可归的灾民等，为这些人提供工作和食物的黑市在各地应运而生。当时就已是巨大终点站的上野车站附近，聚集了大量无力支付旅馆费用的日结工。

年已九十的正康先生就是其中一员。他于 1932 年（昭和七年）出生，至今仍生活在山谷的棚户屋中。尽管患有轻度认知症，但对于以前的事，他记忆犹新。在离山谷街道中心希望之家不远处的白根宾馆，我在一间面积仅 3 叠③大的房间内对他进行了采访。

---

① 1912 年至 1926 年。

② 1926 年至 1989 年。

③ 1 叠即 1 张榻榻米大小，约 1.62 平方米。

身材瘦小的正康独自盘腿坐在铺好的被子上迎接我。房间狭小,被子一铺,空间就被填满了。他并未让我坐在坐垫上,而是指着堆放在一边、总也不叠的被褥边缘,温和地笑道:"你就坐这儿吧。"

我诚惶诚恐地坐了下来。

"我呢,是东黑田出生的。"

正康自始至终都兴致勃勃地讲述着他的故事。

"我曾居住在长屋,父亲在战争的大空袭中被烧死了。我的叔叔一家就住在附近,他们的房子也被烧毁,不知何时他们就离我而去了。妈妈呢,虽然再婚了,我也被那边收养了,但还是待不下去。于是我选择离家出走。尽管我还是小学六年级的学生,但已经无法继续学业了。用现在的话说,我成了无家可归的流浪者。然而,生活总得继续……感谢浅草寺的香火钱,它让我度过了那段艰难时光。"

他喉咙里发出一阵咯咯的笑声。

"但是,我并没有把香火钱全部偷走。我只拿能让自己填饱肚子的那部分,所以警察也对我睁一只眼闭一只眼。要是一个衣着端庄的成年人做出同样的事,恐怕就会这样哟——"他把两手交叉在胸前,做了一个被戴上手铐的动作。

"虽然身无分文,但那时候大家都很穷,所以没什么好丢人的。如果有醉酒的酒鬼来纠缠的话,我就会跟着那个人,趁他睡着的时候搜他的身,拿他的钱。我不会偷那些不招谁惹谁的人的东西。我只偷那些对小孩吝啬刻薄的人的东西。

"我一到晚上就去上野车站。中央检票口前面现在也没变,是一个广场,加盖了屋顶。我就在那儿找个角落睡觉,风雨无阻啊。我在车站不会做任何坏事。所以即使我这个流浪儿睡着了,车站的工作人员也不说什么。那是一个宽容的时代。"

但是,当时的占领军(GHQ)担心治安混乱,便向东京都提出要求,开始了收容难民工作。

山谷等地被随意搭建起了简易帐篷,他们将无家可归的人收容聚集在一起。然而,正因为那是战后的混乱时期,一些地方也出现了相当粗暴的行为。

《山谷棚户街:东京万人流离失所》(神崎清著)一书中写道,他们采取了"把流落在上野地下通道的流浪者像运人类垃圾一样塞进卡车,丢到山谷这片战争废墟上,这样一种不负责任的方法"。

一开始,简易的帐篷在此地崛起,逐步演变为木质建筑,随后,木制旅馆得以重建。这就是今日棚户街的雏形。

来自全国各地的(不少是被遣送来的)外地人,只要他们不挑三拣四,还是有很多工作机会的。

在战后重建、朝鲜战争特需以及东京奥运会的推动下,东京经历了高速发展,城市风貌发生了翻天覆地的变化。无疑,建筑土木产业是推动这座城市巨变的原动力,于是山谷地区逐渐成为日结工们的聚集地,山谷开始起到输送日结工的作用。据《山谷地区:住宿者及其生活》一书所述,战后山谷的辉煌时期正值1964年(昭和三十九年)奥运会景气高涨期,当时山谷地区有222家棚户出租屋,约

1.5万名劳动者在此居住。

作家开高健在《直截了当话东京》一书中，生动描绘了当时的山谷景象：

> 听说山谷的居民每天都被"调度师"买下并动员到东京都内的建筑工地去，我就到现场一探究竟。在都电的泪桥车站附近有很多站着等活儿的人。他们有的脚蹬橡胶长靴、胶皮底袜子，有的头巾缠绕，有的身着夹克、印花短上衣，服饰各异。他们在灰黄荒凉的清晨里耸着肩，影子般地站着。他们有的搓手，有的冻得直打哆嗦，还有的在街角点燃起橘子纸箱篝火。写着"遵守道路法规，不要堆放杂物"字样的警方告示牌斜靠在电线杆上。

去了山谷就有饭吃。"调度师"们依仗着黑道势力的庇护，肆意妄为，警察却视而不见。在《劳动基准法》形同虚设的糟糕的就业环境下，工伤之类的概念根本就不存在。"工伤和盒饭自己拿"是当时的常识。短工是被彻底剥削、一次性使用的存在。

1967年（昭和四十二年）开始连载的漫画《明天的乔》（原作高森朝雄，作画千叶彻弥）生动地描绘出了那个时代的氛围。

漫画中乔的训练师丹下段平的拳击馆被设定在泪桥下。段平把乔叫到桥上说：

"这座桥，人们称之为泪桥，寓意着……生活破碎，潦倒不堪,流浪至这个棚户街的人们,他们是含着泪水走过这座充满悲伤的桥的。"

多么悲伤的工人们啊。据说,他们有时甚至连棚户屋都负担不起,只能在路边凄凉地离世。

我曾在采访中遇到一位名叫丰田惠的男子,他出生于山谷,成长于山谷,回忆起上世纪60年代的少年时光,他如是说:

"即便在严寒的冬季,仍有许多人不得不露天而睡。其中有的人是得了重病的,而在某个午夜,我会随着风向听到仿佛远方狗吠般的声音。汪汪地叫。那时我还年少,不太明白究竟发生了什么。后来才得知,那其实是有人死在了我第二天早上去学校的路上。我向母亲提及那狗吠般的声音,她告诉我那是临终者在痛苦挣扎中发出的哀嚎。这样的情形时常发生。"

在严酷的劳动环境中,压力火山般蓄势待发,在寻找一个突破口。不久,警察对工人的言行成为导火索,暴动时有发生。1960年(昭和三十五年)8月1日,一场源于店主与住店工人争执的暴动席卷而来。约400名工人袭击了位于将山谷分为东西两边的吉野大道上的日本堤派出所(俗称猛犸派出所)。在这场混乱中,17人被捕,66人受伤。骚乱断断续续持续到同月8日才逐渐平息。

此外,工会运动家与黑社会的矛盾也日益激化。1984年(昭和五十九年)12月22日,以工会运动家的视角诠释山谷街区状况的电影《山谷:以牙还牙》的导演佐藤满夫不幸被当地黑社会成员杀害。第二年,接替佐藤执导电影的山冈强一同样被当地黑社会成员杀害。

山谷是危险之街的印象逐渐深入人心。

经济高速增长的时代落幕了，牛气冲天的泡沫经济也随之破灭了。那些曾经在山谷街上阔步前行的工人，如今已步入暮年。

现在，居住在山谷地区的劳动者约为3800人，共有144家棚户屋。居住在棚户屋的人平均年龄已达到67.2岁（2018年度）。从这个数据来看，这里不再是工人之街，它更像是"退休老人之街"。

一直以来都在研究劳工运动的高木哲真先生深受山谷活动家梶大介（1923～1993）的著作启发，自2010年起，年过花甲的他开始积极参与送餐赈助等公益活动。

基于多年的研究积累，高木先生如是说：

"战后的经济高速增长期，山谷的状况还不错，工作机会充盈，没钱住棚户屋的工人选择在露天过夜。山谷的街头巷尾随处可见他们的身影。即便如此，当时工作很多，只要身体好就有活干。虽说被剥削，但只要干活，就能赚到钱。所以想住棚户屋就能住，但高速增长结束后，工作减少，这些露宿野外的人渐渐在街头安营扎寨。援助这些人的团体较早时候就纷纷在山谷地区涌现。早在上世纪70年代初，水田惠便成立了援助团体'故乡会'，并在80年代开始了援助活动。当时还是志愿者团体的'山友会'也是在这个时候开始了完全免费的'山友诊所'。山谷也是一个充满了现在所说的互助、共助理念的街道。"

之前也写过，自2011年首次来到山谷，我每年都会参加年末年初举行的送饭慰问活动。为了这场公益活动，工会下属的山谷工人福利会馆活动委员会赞助的厨师们穿上了全套的工作服、手套、安全鞋等装备。在城北劳动福利中心前的道路上，我们搬出用铁桶做的炉灶，热火朝天地开展此次活动。像我这样的志愿者以及流浪汉、活动委员会的工作人员们一同挥洒汗水。我和高木先生就是在送饭慰问活动中相遇的。

稍后还会提到他言及的山友会和故乡会，这些支持山谷的人也都是外来者。山谷接纳了大量外来人员，他们为山谷的发展注入了源源不断的劳动力。他们来自四面八方，有的蜗居在简陋的棚户出租屋中，有的流落街头，斗转星移，他们渐渐地步入了晚年。随着年事越来越高，他们中越来越多的人失去了工作能力，只能依赖社会福利维持生计。实际数字也说明了这一现实。棚户出租屋居民中，生活保护金领取者在1991年泡沫经济崩溃后占比仅为10.4%，而到了2018年，这一数字实际上已上升至88.9%（参见《山谷地区：住宿者及其生活》）。为了拯救这些生活陷入困境的人，又有更多的外来者汇聚在了一起，其中就有波斯菊的山下女士、希望之家的山本先生。

只是，曾经救济他人的山本先生如今也成了需要帮助的对象。那么山本先生有着怎样的人生历程，他又是怎样走进山谷建立起希望之家的呢？

第二章
"希望之家"的诞生

共筑温馨家园

　　清晨，希望之家的居民们以各种姿态迎接新的一天。有的热情回应问候，有的默默注视窗外，还有的带着歉意轻声说："您什么都不用费心。"而我的第一声问候肯定是：
　　"早安，我是义工末并。"
　　2018年11月24日，我作为志愿者第一次走进了希望之家。我想了解一下山本创办的设施的实际面貌。
　　在棚户出租屋林立的山谷的中心地带，有一座叫作希望之家的房子。
　　地上四层有21个房间（可容纳21人）。走进全天候不上锁的玄关自动门，右手边就是工作人员休息室兼更衣室，左手边是房客的居室。沿走廊前行就到了电梯处。小型电梯虽狭窄，却足以容纳轮椅。电梯一旁是厕所，尽头是办公室。只有一楼设有三间居室，二楼至四楼各有六间居室。每个房间都配备空调、冰箱和电视。二楼设有食堂，供房客享用三餐。三楼设有厨房，满足烹饪需求。四楼的谈话室则可以自由吸烟。甚至屋顶还设有一处礼拜堂，无论何种宗教都可以使用。这里不仅可以举行葬礼，还会举行圣诞会和盂兰盆节时的超度亡人祭奠等活动。

工作人员全职、兼职共11名，此外还有多名志愿者。他们为21名入住者提供饮食起居、定期清理环境、全天候每日7次探访以确保安危、提供生活建议、协助有需要的人与家人联系、代办各类福利手续、药物管理以及日常娱乐等多项服务。这里一个月的费用为房租69000日元，三餐费用45000日元，电煤气自来水费9000日元，再加上服务费20500日元，总计143500日元。这一金额对于享受生活保护的个人来说是可以承受的，但对于设施运营方来说，仍存在巨大的赤字。为了弥补这部分亏损，设施依赖捐款和慰问品来弥补。2019年的制度改革引入了新的规定（日常生活支援居住设施制度），政府得以以委托费的形式向此类设施发放一些公费，但希望之家的开支情况总是捉襟见肘。尽管如此，如前所述，从2002年开业至今的20年里，他们共看护了220余人。

山本的著作，副书名是"在山谷开启临终关怀"，这使得希望之家被广泛理解为"临终关怀设施"。为方便起见，本书也采用了这一说法。不过，山本对此解释道：

"临终关怀设施，原本是针对那些需要'缓和照护'的病患所设立的特殊病房。但希望之家并非医疗机构。在福利制度中它属于免费或低收费住宿场所。简单来说，它就像是一家配备护士和护工的旅店。"

稍作专业说明，希望之家属于《社会福利法》规定的第二类社会福利事业。根据该法第 2 条第 3 项，它属于"以免费或低收费向生计困难者出租简易住宅，或让其使用住宿场所及其他设施的事业"，在该条文设置的"免费或低收费住宿场所"的制度框架下运营。

免费或低收费住宿场所原本的设计目的是为战后混乱时期生活困苦的人提供庇护之所。山谷中除了希望之家，还有多个福利设施也在同一框架下营运。这些设施的设立只需向自治体申报就可以，而且山谷中还有丰富的棚户屋资源。它们稍加改建便可投入使用，形成了一种不可多得的服务体系。

如今，全国范围内的免费或低收费住宿场所已有 608 个，为 16397 人提供了住所。在这些居住者中，15183 人是生活保护金领取者（厚生劳动省社会援护局保护科/2020 年调查）。山谷以希望之家为首，山友会运营的"山友庄"以及故乡会的"故乡宾馆三晃"等多家免费或低收费住宿场所为有需要的人提供援助。

然而，这些地方终究只是临时住所，而非专业医院。每天的照护工作除了全职员工外，还得到了众多志愿者的支持，包括兼职护工、上门医生和护士等。

此外，希望之家的入住者并不全是临终病人。

"希望之家虽然号称是个民间临终关怀设施，但它并不只是接收濒死者，它同时也经常照顾生活困难的人，如身体不适或有认知症的病患人，以及无家可归者。因此，在这里生活多年的人不在少数。虽然希望之家以特蕾莎修女的临终之家为原型，但在实际运作中，我的观念逐渐发生了改变：这里并非只是等待死亡的地方，它同时也是求生者的庇护所。"（山本）

部分棚户屋的单间并未安装完整的冷暖设备。夏季来临，希望之家会接纳住在这样的房间里的老年人，或是为流浪者提供免费洗浴。在与地区合作的道路上，他们不断提供着形式多样的服务。

2018年11月，大约是山本被解除理事职位后半年，我向希望之家提出了正面采访的请求。得到的回信是他们现在"与山本的关系仍处于敏感期，碍难接受采访"。虽然心中略有遗憾，但也在意料之中。

然而，我对希望之家的现状仍充满好奇，那个特殊的氛围让我不禁想要一探究竟。

采访被拒绝了，但当我询问作为志愿者去打扰是否合适时，他们回答说："如果您是想要了解希望之家的真实情况，那么我们愿意提供便利。"

这个回答略显勉强，但我终究还是得到了许可。

于是，在接下来的三个月里，每个周末我都会前往希望之家，负责为入住者配餐、准备零食、打扫厕所。

上午9点多，我踏进敞着门的玄关，步入那条人字形走廊，来到走廊深处的办公室。夜班的工作人员正忙着整理当天的用药。我在办公室旁边的职员休息室兼更衣室与他们轻声相互寒暄，换好衣服。到了9点半，上班的工作人员和夜班的同事聚集在办公室，进行工作交接。他们一边看着详细填写了所有 21 个房间的入住者晚上情况的笔记本，一边互相交流着入住者的睡眠质量、夜间如厕次数以及服药状况等信息。

10 点左右，我开始在各个房间巡查，收集垃圾桶里的垃圾。这一过程中，我被提醒不能漫不经心，要尽量在完成工作的同时与入住者打招呼。

"早上好，我是义工末并。"

我只是每个周末去，有些人可能不记得我，因此我先自我介绍，接着边工作边与他们搭话："请多多关照，今天天气真不错，您的身体状况如何？"

透过他们的回答，我能感知到对方的身体状况和心情好坏。

除了卧床不起出不了屋的人，用餐时，大多数人都会前往二楼的食堂。午饭是从 11 点半开始的。每次会有七八个人聚集在二楼食堂。有的入住者步行困难，这种情况下会有工作人员和志愿者提供帮助。

下午的自由时间，我会去关系好的入住者房间里聊天。

3 点是吃零食的时间。我拿着泡好的日本茶和一口大的小包子等，逐个访问各居室。其间我会和入住者们轻松对话，确认他们的状况。如果对方正在睡觉，那就不要强行叫醒他，只需放下手里的点心和茶水。我在坚持做这些志愿者工作的过程中，逐渐了解了生活在这里的人们。

79 岁的宫藤（化名）是一名来自关西的小个子男子，年轻时曾在关西一家软木厂当工匠。他有一点认知症的症状，有时会问"妈妈来吗？"，像是回到了少年时代。但当他夸耀自己还是手艺人时留在手臂上的刀痕时,他说的话具体且富有临场感,不会让人厌烦。

宫藤先生是美空云雀①的忠实粉丝。

"我年轻的时候,每天的工资大概是130日元、140日元。我把这些钱存起来,去看云雀的现场表演,嗯,我去了三次。"

他说的"现场表演",指的是演唱会吧。

"不久前她还上过很多次电视,最近不怎么看见了。"

我不假思索地回答说:"是啊,她平成元年就去世了。"

紧接着,我便看到他惊讶而沮丧的表情。

"诶,云雀死了吗?"

我慌慌张张马后炮似的掩饰说:"不,那个,去世的是云雀的妈妈吧。"

我向其他工作人员说起这件事,得到的回答是:

"哎呀,你可真行啊,等会儿我再看看什么情况吧。明天他就忘了吧。"

独特的氛围在空气中弥漫,洋溢着工作人员和入住者间的互相信任,着实让人感到欣慰。

那天回家的时候,我又去了一次宫藤先生的房间。他已从之前的"云雀事件"中恢复过来了,突然他一本正经地问我:"我可以一直留在这里吗?"

"嗯,没问题,你可以一直在这里生活。"

---

① 美空云雀(1937~1989),本名加藤和枝,日本著名歌手、演员,昭和时代歌谣界的代表人物,有"歌谣界的女王"之称。去世后被追授国民荣誉奖。

我也一本正经地回答。

"是吗？那就好了。这里真是个好地方。"

他笑了起来。对于宫藤先生而言，希望之家正是他心灵深处能够找到安慰的最后港湾。

下面要介绍的是希望之家的一个独特案例。这里以人为本，不受社会常规束缚，灵活运用规则。

已经82岁的增田（化名）因糖尿病恶化失去了视力。他曾经身强力壮，在全国各地的工地上挥洒汗水。如果工地就在东京近郊，他就会选择山谷的棚户屋作为固定的住所。

增田先生每天吃完饭后去位于四楼的谈话室抽烟。他优雅地坐在固定位置的躺椅上，一边用右手确认烟灰缸的位置，一边满足地吐出一缕甜美的烟。在普通医院或养老机构，糖尿病患者吸烟显然是不可接受的。然而，在希望之家，入住者的意愿始终是放在首位的。

"我们更倾向于尊重自由，提升生活质量，而非限制入住者自身的欲望以追求安全。"这是希望之家创立之初，山本就确立的宗旨。虽然也曾与医疗护理人员发生过碰撞，但希望之家的工作人员至今仍秉承着这一方针。

增田先生是一位沉默内向的人，即便我费尽心思与他交谈，他也未必会轻易接茬。然而，当我对他说："这里能抽烟真是太棒了！"他顿时笑了，回答："没错，除了这里，其他地方我可活不下去呢。"

68岁的横井（化名），癌细胞已扩散到全身，医生告诉他，只剩下半年的时光。他是一位颇具绅士风度的人，每次走出房间都精心打扮一番。他五官俊朗，年轻时必定备受异性追捧。而他的最大爱好就是赛马。每个星期天，他都会穿着整洁的夹克来到一楼的办公室。

"我这就出门，跟平时一样，今天不需要午饭。"

整理药品的女工作人员回应：

"哎呀，都这个时候了，请稍等一下，我送你去公交车站。"

"真的没关系。"

"好了，好了，别这么说。"

这样的对话，已经成了常态。

周末，横井先生总是选择在位于浅草的场外马票场"WINS浅草"度过美好的一天。从山谷到浅草，乘坐台东区的巡游巴士，大约20分钟便能抵达。从希望之家到最近的公交车站，只需步行几分钟，且有女性员工陪同。因为每周都去，所以他是不会迷路的，不过员工们依然担忧万一出现什么意外。那位女性员工说，其实她很想陪横井先生到场外马票场，但横井先生说"那多难为情，你就别去了"，就这样把她拒绝了。

观察到这些入住者和员工之间的互动，让人不禁想起"家人"这个词。渴望能够长久地在这里生活的宫藤；在谈话室悠哉地吸着烟的增田；特地到办公室露面，与大家打完招呼后，满怀兴致地前往场外马票场的横井；注视着横井的那位员工的目光——这里没有过多的干涉，但让人感到一种油然而起的相互信任。

山本如是说："如果新员工跟我说不知道如何与入住者接触交流，我总是说，把他们当成家人就行了。虽然我本人也并非每次都能做到这一点，但我觉得这种心情是最基本的。迎接新入住者的时候，我会想着又多了一个家庭成员。"

增田先生要香烟、横井先生要去场外马票场等，这些行为在一般的医院和护理设施也许都被明文禁止。在以营造一个团聚的家庭为愿景的希望之家，这些活动却得以允许。之所以能够建造起这样的设施，正是因为有了能够将他人的痛苦当作自己的事情的山本。

挫折与希望

1963年，身为警官的山本治夫与妻子和子迎来了一个新生命，那就是山本。山本还有个比自己大3岁的姐姐伦子。小时候由于父亲工作性质的原因，山本一家每隔两三年就会搬家一次。山本上初中三年级时，父母在东京两国地区建起了一座三层小楼，他们一家终于可以安顿下来了。父亲最后是在警视监①的职位上退休的，可谓是一步一个脚印地功成身退。尽管父亲已在2016年离世，但山本对他敬仰有加，从某种意义上说，父亲就是山本心中的靠山。

"我从小就有过于纤细的性格。"

---

① 日本警察阶级中位列第二，在警视总监之下、警视长之上。

山本说。小时候，他一兴奋就会咳嗽，甚至会把刚吃进去的食物吐出来。

"上高中之前经常搬家，我很难交到朋友，也被人欺凌过。琐碎的小事永远留在脑子里，无法释怀。我就是这么一个孩子。"

山本与年长3岁的亲姐姐相处得也不好，他总是在寻找一个能让自己心情平静的港湾。

"我高中上的是东京中野区的私立学校，但二年级时就选择了退学。那是一所男校，体罚是日常生活中旧态依然的校风。我无法适应那样的环境。"

他如此回忆道。然而，正是从那时起，他那跌宕起伏、危机四伏的人生经历就开始了。"我是从函授制的NHK学园高中毕业的。那时候我每天情绪不宁，活得很不如意。为了寻找改变现状的答案，我选择在庆应大学攻读函授的哲学专业。我阅读了大量的书籍，深入思考了很多问题。"

山本一边苦笑，一边形容当时的自己"是一个天真幼稚的文学青年"。

那时的他，容易因一点小事而受伤，沉沦低谷难以自拔。有时，他会在平静的日子里突然泪流满面，看起来痛苦异常。22岁的时候，他在父亲的催促下，去医院精神科接受了检查。

"结果诊断为有强烈的抑郁倾向。我当时想，果然如此啊。"

就在这个时候，一个决定山本人生命运的事件发生了。

那是潮湿闷热的8月的一天，他抬头望向空调，发现它噪声阵阵却带不来一丝凉意。于是，他只得用一把到处都是破洞的扇子给脖子送风。桌子上一直开着的收音机正在播放热门歌曲。突然，歌声中断了，播音员开始播报一则新闻。报道称，一架从东京羽田飞往大阪的日本航空大型客机失踪了。

1985年8月12日，日本航空123号航班在群马县上野村御巢魔山坠落。520条宝贵的生命戛然而止。

当时，山本正在庆应大学攻读哲学函授课程。对他而言，他面对的是一个"难以生存的人生"，以致稍有不慎就会迷失生存的意义。他试图从哲学中寻求答案，希望找到一种力量来支撑自己。然而，这场灾难让他痛悟到，哲学在520人离世的问题上是无能为力的。如果哲学解决不了问题，那就只能求助于宗教，于是他立即从庆应大学的函授课程退学，去了涩谷的新教教会。随后他又改变了主意，决定赴英格兰教会日本圣公会注册，成为一名普通信徒。在那里，他开始学习基督教的教义。1990年，26岁的他考入了上智大学神学部。

在高中辍学之后，他开始向哲学和宗教寻求慰藉，奔波往返于教堂、修道院、大学等场所。若要说得尖酸刻薄些，他几乎没有什么信念可言。然而，若按照时间顺序来梳理这段时期他所经历的事情，我们就会发现，从高中辍学到大学毕业，他大约每隔两三年就会遭遇一连串的挑战和挫折。

"有时我心情低落到连饭都吃不下，甚至无法走出房间；有时我又觉得自己充满力量，觉得必须为某人而生，必须认清世界的真理。这样的急躁和抑郁反复交替。总的来说，我始终有一种双相障碍的气质。"

他有时愿意接受被认为鲁莽的挑战，但在成功完成建立希望之家这件大事的同时，他也会陷入如今这般的低谷。这样的起伏波动似乎自他幼年时期便已开始了。

山本踏入了上智大学的校园，时光荏苒，1991年的秋天来到了。彼时，他收到常去的修道院修女的邀请，加入一场公益活动。这场活动是由一个名为"爱之家"的志愿者组织发起的，该组织旨在为那些因孩子住院治疗而备受折磨的家庭提供援助。活动的核心诉求是回应"母亲会"的呼声。"母亲会"的成员都是让自家孩子住进国立癌症研究中心中央医院（位于东京筑地）的母亲。这些母亲想陪伴孩子住院，但医院离家遥远，因而不得不选择外宿。长期居留在经济和精神上对她们来说都无疑是沉重的负担。活动的主要内容是为她们提供价格实惠的住宿设施。随着志愿者活动的不断升温，一种每晚只需1000日元的住宿设施应运而生。

第二年即1992年，为与儿童癌症等重症病魔抗争的孩子们及其家人而生的志愿者组织爱之家创立，1999年该组织以"特定非营利活动法人家人之屋"之名取得了NPO法人资格。山本从成立之初就参与了该组织事务局的运营，致力于争取企业和宗教团体的捐款、倾听患者家人的烦恼等工作。三年后，山本正式成为组织的带薪员工，并被任命为事务局局长。

山本大学毕业后，继续投身于这份工作，但其间，他又遭遇了不少挫折。"没有挫折的日子"仅仅是最初的几年，之后他开始在人际关系上出现问题，尤其是与身为医生的理事长之间分歧争执不断，这使得他愈发烦恼，郁闷的日子越来越多。他经常不出家门，不去单位。年轻时滴酒不沾的他开始向酒精求助。他与理事长的冲突日益加剧。

"这就跟《白色巨塔》里的世界一模一样。我以为非营利事业单位不存在有权者打压无权者的结构，但现实并非如此。就好像做什么事都要绕过我，不让我靠前。终于有一天，我拿起主治医生开具的治疗抑郁的药，一股脑地全倒出来，和着烧酒一饮而尽。"

他砰然倒地，失去了意识，发现异常的母亲叫来救护车，把他送进了医院。这种情况下如果继续工作，甚至可能危及他的生命。

2000年，也就是他37岁那年，3月的一天，山本离开了家人之屋。此后的近1年时间里，他在东京都内的自己家里过着几乎闭门不出的生活。

"照顾生病的孩子们的工作，对于后来的我是非常重要的。我从未后悔投身这项事业，反而为之感到自豪。"

对于山本来说，这是他在希望之家成立前遭遇的重大挫折。

从医院回到东京都内自己的家中，山本过起了白天窗帘紧闭的茧居生活。偶尔出门，他就会伸手买酒。喝酒的时候他会觉得舒服一些。简而言之就是他依赖这种感觉确实，喝酒可以忘记瞬间的不安，但无法消除不安。

"那段日子里，我常常一天之内就将一瓶威士忌喝光。不喝酒的时候，我会想起那些逼迫我辞职的人，不禁怒火中烧。为了压抑这股怒火，我再次将酒倒入杯中。然而，过度饮酒对身体是有影响的，莫名其妙的身体不适和精神焦虑向我袭来。喝也痛苦，不喝也痛苦。那是地狱般的生活。"

然而，这段经历，却为山本日后建立希望之家奠定了基础。

"我在上智大学神学部求学时，曾有一个名为'我的夏日体验'的课题。那是一次在基督教尚未涉足之地开展义工活动的经历，其间，我结识了一位生病的流浪大叔。我还邀请那个人去了我当时住的公寓。我那时只是想帮助他，因为他很可怜。这种想法，显然是远远不够的。"

虽然他们之间的交流持续了一段时间，但山本最终没能把那个人从街头生活中救出来。不知不觉中，他们的关系疏远了。

"在我抑郁的时候，那位大叔的身影又浮现在眼前。我开始真切地体会到'无家可归'这四个字的沉重。我当时想，如果自己再忧郁下去的话，也会陷入他们那样的境地。当时我确实有些傲慢，从心底里看不起那些流浪者，认为无家可归者是不好的，甚至害怕自己会变得和他们一样。"

上世纪80年代，日本见证了泡沫经济由初露端倪发展到繁荣鼎盛。那是一个充满财富的时代。日本被捧上世界第一的宝座，社会表面充斥着浮躁的气息。然而，进入90

年代，形势急转直下，日本开始了失去的 10 年、20 年、30 年。深藏于社会底层的贫困喷涌而出，在此之前一直专指欧美情形的"无家可归者"（homeless）一词也舶来日本，成了一个日语固定词汇。不久后，它与"贫困问题"一词一起，成为当时的流行语。另一方面，JR①新宿站西口那些用纸箱搭建的临时住所被强制拆除的新闻也曾轰动一时。

当时的山本卸任了家人之屋的事务局局长一职，由于严重的抑郁症状，他甚至无法走出房间。于是，他开始在被窝里反思这些问题。

他一遍又一遍地自问自答，最后得出了一个结论："在失去居住场所的群体中，必定有许多人因为年老或疾病而痛苦不堪。如果能救他们，也许就能救同样感到痛苦的自己。"

从为有重病儿童的家庭开展义工活动的家人之屋时代开始，山本就深感有必要普及临终关怀这一看护领域。这样的记忆在他的脑海中苏醒，并与他眼前的问题联系在了一起。

"成为在街头生活中筋疲力尽的人们的家人，为他们提供一个能陪伴他们走完人生最后一程的家园。我想为无家可归者建立一个临终关怀中心。我朝着这个方向不断调整自己的心情，不知不觉抑郁的症状就抽丝般消失了。"

这是 2000 年的一个冬日。因过度饮酒导致的身体不适和抑郁症状，山本已经闭门不出长达 10 个月。

---

① Janpan Railways 的缩写，即日本铁路公司。

找到目标后，山本逐渐从抑郁状态中恢复过来。但也正因为从抑郁的情绪中解脱，一种不安向他袭来。为了让无家可归的人和因生活困难而失去容身之所的人能够安心度过最后的时光，他想建立一个设施。他开始质疑，这个想法是否仅仅是为了慰藉自己艰辛疲惫的心灵？是否仅仅是一种自我肯定的手段？山本在这个问题上陷入了迷茫与不安。

为了打消这样的不安，他决定姑且专注于将该计划向前推进。

选择山谷是一种必然

山本的目标是为无家可归的人建立一个临终关怀设施。然而，要想付诸实践仍前途漫漫。这时的山本忆起了学生时代的一件事。

"在上智大学读书期间结识的那个无家可归的大叔，在和我疏远后不久，因生病住进了东京都内的医院。当时我得知了这个消息，便慌忙去探视他。"

在医院里，负责照顾那位大叔的社会福利士对山本这样说：

"你是想把这个人带回自己的家照顾吧？这不是坏事，但倘若不够坚定，这份关爱是难以持久的。如果你是真的想要体贴关爱无家可归的人，那就必须要有主动全身心投入的觉悟。否则，什么都不做反倒更好。"

这番话如当头棒喝。

山本回忆起那时的心境："要有主动全身心投入的觉悟。"

在哪里可以实现这一点？他脑海中首先闪现出的是山谷地区。

20世纪60年代，山谷地区的劳动者半数以上是30岁以下的年轻人。然而到了1991年，67.5%的劳动者年龄都在50岁以上（《山谷地区：住宿者及其生活》）。随着岁月的流逝，因受伤或疾病而无法继续工作的人数逐渐攀升。泡沫经济的破灭使得打日结零工的机会减少，越来越多的劳动者因缺少生活费而流落街头，甚至直接陷入无家可归的境地。1997年，消费税从3%上调至5%，经济状况的恶化使得无家可归问题愈发严重。

在上世纪90年代，流浪汉甚至还未被视为福利对象。直到2002年，国家才实施了《关于支援无家可归者自立等特别措施法》，也就是所谓的《无家可归者自立支援法》。在此之前，即便流浪汉想要申请生活保护，也难以找到愿意接受他们的公寓。如果没有住处，他们就无法领取生活保护金。因此，东京都政府决定将山谷中的棚户屋用作临时保护设施，让街头的人们入住，以便发放生活保护金。正因为这项政策，那些在山谷街道上无处可去的人才得以聚集起来。值得一提的是，东京都福利局于1999年6月设立了山谷对策研讨委员会。2000年，山本决定为无家可归者建立一个临终关怀中心时，他的关注点也因此必然转向了山谷。

一旦有线索便迅速行动起来。他立刻与早已活跃在山谷的山友会取得联系，积极争取以志愿者身份参与其中。在山友会工作人员的辅导下，他实际接触了解了在山谷街区、上野车站周边、隅田川河岸等地生活的流浪者，并亲身感受到了他们的真实生活状况。

"我原本与山谷并无太多瓜葛，但一旦踏入那个世界，那里的街道便接纳了我。这种经历是一切的原点，成为我与希望之家事业的纽带。"

来自全国各地的劳动者纷纷前来山谷寻找工作，山谷这个外来者的街区，也毫不犹豫地容纳了一个叫山本的外来者。

他发现除了到街上去了解流浪汉们的真实情况之外，还有许多其他事情需要去做。他的目标是建立一所临终关怀设施。那是为生命即将走到尽头的人们提供的一个庇护所。为此他还需要进一步学习。

"上智大学有一位教授，名叫阿方斯·戴肯，他是研究生死学的，很有名，我求学期间时常和他聊天。每年春天，他都会在校园内举办一场面向社会人士的'临终关怀志愿者讲座'，我亦曾参与其中。正是在这个讲座上，我结识了美惠。"

那天是2001年4月13日，星期五。

春日的阳光温暖地洒在山本的背上，他在JR四谷站下车，穿过路口，步入了索菲亚大道。俯视上智大学真田堀运动场的堤坝上，樱花纷纷扬扬，飘散着花瓣。上智大学四谷校区的讲堂内，讲座就要举行。

一位办公室人员简单地介绍了讲座，过了一会儿，戴肯先生走进来开始授课。教室里七成左右的座位已经坐满。就在所有学员都静静地聆听的时候，讲台后的门悄然打开，一个女子走了进来。她就是美惠，后来成为山本的妻子，并在山谷临终关怀设施希望之家担任护理主任。

山本回忆道，美惠走进来的那一刹那，"我们的目光相遇了"。

"我记得她当时穿着一件白色的连衣裙。她虽然已经迟到，还走错了门，但正是这些阴差阳错，让我们的视线交汇在了一起。或许有些夸张，在那一瞬间，我觉得自己仿佛坠入了爱河。"山本说道，没有丝毫难为情的样子。

讲座结束后，他们当天便说上了话。山本提到建立临终关怀设施的计划，美惠表现出了浓厚的兴趣。

他们在离四谷校区不远的一家小胡同里的咖啡店畅谈起来。

山本觉得，眼中流露出少女般纯真气质的美惠"大概也就 30 岁左右吧"。

山谷的特蕾莎修女

当时山本 37 岁。美惠虽然有着少女般天真的气质，但却比山本大 5 岁。1958 年出生于长野县伊那市的她从护理学校毕业后，便进入了一家治疗心内科疾病的医院工作。在积累了几年工作经验之后，她转职去了一家诊所。从那时起，她的生活开始有些不对劲了——她爱上了一个有妻儿的男人。

据说他们曾多次尝试私奔，但每次都未能成功。在这样的过程中，美惠再也无法继续当她的护士了，于是便转行到一家医疗专业的出版社当起了编辑。不过，她与该男子的关系一直持续着。

爱如夏花却无果，情到深处难回头。在通往幸福的道路上，她仿佛被甩下了，这样的生活长达近20年。离别却突然降临。

1999年夏初的一天，一名了解内情的男友的朋友联系了美惠工作的出版社，告诉她，她的爱好溪流垂钓的男友，在垂钓时不幸掉入瀑布潭中去世了。

这段经历极大地改变了美惠的价值观。她躲在公司的书库里，搜寻以"什么是死亡""死后灵魂何往"为主题的文献。她曾有过结束自己生命的念头。男友去世后，死亡对于美惠来说是一个近在眼前的存在。

她想要即刻飞奔到他离世的地方。她心中狂乱，但周围的人纷纷劝阻她。如果不好好冷静一下，她可能会出事的。那时的她，犹如站在危崖边缘，仿佛随时都会跳入男友跌落的那同一片瀑布潭中。

男友去世一年后，美惠才前往事发地点——山形县的山区。那是一个传说中能钓到梦幻般的红点鲑的地方。

在最近的车站，她搭乘了一辆出租车，告诉司机她的目的地。司机一脸为难地回过头来看了她一眼：

"从这里出发的话，要一个多小时。"

"没关系。"

司机将视线转向了挡风玻璃：

"还有，看这天气，我们可能无法到达目的地。"雨从前一天晚上就开始下了，现在是越下越大。

"总之，你能开到哪儿就开到哪儿。"

刚出发后不久，风雨就变得愈发猛烈了。司机一路上多次示弱说："咱们回去吧。"但每次美惠都回答："没关系，应该会有办法的。"

"我是来看他的，怎么可能到不了呢？"美惠心中不知怎的这样想。

最终车没能开到那个瀑布潭。在离目的地约1公里的地方她下了出租车。美惠只能徒步前行。她踏着泥泞，一步一滑，几次险些摔倒。尽管如此，美惠还是向着她所爱之人的临终之地进发。只是，当离终点只剩下几百米时，她发现自己再也无法前进。暴涨的河水阻断了去路。

在这里供上花，然后回去吧，她想。

就在她在心中喃喃自语的那一刻，忽地，雨停了。一道光芒穿透了厚厚的云层，光线在河流的反射中移动，如同舞台上的聚光灯一般，照亮了那个瀑布潭，那是美惠男友的长眠之地。这一幕，如此庄严而神秘，仿佛是超越了现实的梦境。不一会儿，光线变换角度，将美惠的身体包裹了起来。

她心中坚信，这就是他，他来看她了。

或许正是这种不可思议的体验，指引她走进了以生死学研究而闻名的戴肯教授的那场讲座。

讲座的第一天，距离她的男友去世已近两载。美惠每天都会在爱人的遗像前供上咖啡。这天她对着爱人的照片喃喃自语：

"我已经精疲力竭了，你能为我引荐一位知己吗？他应该像你一样，对某件事执着并勇往直前。即使被社会视为傻瓜，也无所谓；即使无人理睬，也无关紧要。他应该是一个诚实的人。"

言罢，美惠踏上了前往上智大学听戴肯教授讲座的道路，在讲座那里，她遇到了山本。

在四谷的咖啡店相对而坐，山本耿直而热情地诉说着自己的梦想，那简直是个会让他"被社会视为傻瓜"的梦想。

"我想为无家可归者建立一个临终关怀中心。为此，我现在正在山谷那里活动。"

美惠曾为非理性的爱恋和意想不到的死别所困扰，一直在思考生命的意义和死亡的奥秘。而山本的话语，深深触动了她的内心。

"为何不试着追求这个人的梦想呢？"美惠心中泛起了这样的念头。

这一切，似乎都是命运的安排。

美惠在与山本相遇前不久，经历了一件事，让她开始想要改变自己。在从最近的车站去她工作的出版社的途中，每天她都会在同一个地方遇到一名流浪汉。她注意到了他，但却从未与之有过交集。男友去世后，美惠准备重新审视自己的人生。就在这样的一个冬日，她下定决心将随身携带的一次性暖宝宝递给了那个流浪汉，对方微笑着说了一声"谢谢"。第二天她给那名流浪汉送去了饭团。

她曾担忧自己的行为会伤害到对方的自尊,会给对方带来困扰,但这些顾虑最终都被她抛诸脑后。从那以后,她开始意识到:"如果感到迷茫,那就付诸行动。"她的第一个行动就是去听戴肯教授的讲座。于是,她遇到了山本,决定支持他的梦想。

"如果感到迷茫,那就付诸行动,这样迷茫就会消失。"

这种信念成了美惠的人生指南。但是"行动"的起点,往往是风起云涌的所在。

鲁莽前行

要为那些无依无靠的流浪汉和因故穷困潦倒、静候死神的人们建造一个临终关怀设施。

山本和美惠的行动开始了。

首先是手头要有资金。山本向父亲低头鞠躬说:"这是我最后的任性请求。"筹措到了 300 万日元[①]。

"姑且算是借给你,这是我对雅基的投资,你什么时候能还,到时再还就是了。"

父亲说着递上了现金。最终,这笔借款好像也没有还上。

"至于房子,我考虑以租房起家。重新装修旧房子比从零开始建造更为经济。"山本说。

于是,山本开始以山谷为中心寻找合适的房源,但这

[①] 约合 15 万元人民币。

并不容易。他不断扩大搜索范围，仍然找不到合适的房子。

"我是四处奔波，哎呀，我大概看了50多个地方。"回想起当时的情景，山本苦笑着说。

其中他碰到过这样的房子。

一次，一名房产中介给他打电话，声称有一处价格实惠的合适房子要出售。

山本立刻起身询问详情。

那名中介告诉他，那是一套全由单间组成的房子，空间宽敞，每个房间都配有卫生间和淋浴，房主"甚至说床都配齐了"。

中介有些支支吾吾地说，房间里的床是特大号的圆形床，按下开关，床就会旋转。

这究竟是什么样的房子呢……

"我进一步了解后，发现淋浴间的墙全是玻璃的。说白了，那就是一家情人旅馆。我说怎么会是这样的房子。"

山本还看中过一栋曾经是弹珠店的房子，但在最后签约前，他发现那所房子的抗震结构不符合要求，结果要签的合同成了废纸。在足立区的某个地方，他找到了一处物业，房东告诉他："还得开一个附近居民的说明会，如果能够与居民达成协议，那么我就把房子租给你。"

但是，说明会召开了，他们遭遇到了强烈的反对："如果搞的是流浪汉聚集的设施，那治安就会有问题了。""周围地价就会下跌了吧。""你们本来就是做贫困生意[①]的吧？"

[①] 看似援助穷人，实际令穷人更加阶级固化并从中牟利的产业。

质疑声此起彼伏，甚至连房东也在这股压力下退缩了。

"你们到底在策划什么？你们到底在搞什么鬼？什么鬼活动，千万别搞！"

如此这般的恶作剧电话也接踵而至。

可能已经行不通了……焦急和混乱的情绪笼罩着山本和美惠，他们的计划眼看就要崩溃。

就是在这种情况下，山本和美惠举行了婚礼。

我手头有一张照片，记录了他们婚礼上的温馨一幕。

山本身着笔挺的燕尾服，美惠则穿着一件冰雪般洁白的婚纱。尽管两人都已不年轻，但幸福的光芒洒满了整个画面。婚礼的地点选在东京四谷上智大学附属的圣伊格纳西奥教堂。时间是 2001 年 1 月 13 日。两家亲戚以及相关人士共 200 余人齐聚一堂，共同见证了这场盛大的婚礼。这场婚礼是山本夫妇坚定意志的宣告，它公开宣布他们已经决定牵手走向未来，断绝了他们所有的退路——他们是抱着这层想法的。

有一位亲历者，他非常了解当时的情况，向我透露说：

"美惠在结婚当天，手里还拿着她已故男友的照片。这山本是知道的，他深爱着美惠，所以包容了这一点。"

这是一场新郎新娘告别过去的痛苦，共同踏上新的人生旅程的婚礼。

两天后，两人前往的"蜜月地"是山谷。

婚后，他们想尽可能地节省些游玩的开支，因此并未安排蜜月旅行，仅仅是短暂地享受了一下二人世界。

某日，二人中不知是谁提出了"为何不去山谷一游"的建议。在讨论临终关怀设施的建设地点时，山谷成了一个必然会被提及的地方。

山本联系了一家熟识的本地房产中介，希望对方能再带他们逛一逛山谷街区。

山本夫妇站在山谷中心的一处废弃澡堂的旧址前。从前，不带浴池的棚户屋很多，这里因而聚集了许多劳工，一度熙熙攘攘。然而，随着时代的更迭，这个澡堂也已完成了它的历史使命，建筑已被拆除，留下一片开阔的空地。

在最初寻找设施场地的时候，山本曾来过这里一次。那时他打算改造现有建筑来用作临终关怀设施，因此这片空地被排除在了候选名单之外。

山本心中浮现出了那日的景象："那个地方还是吸引了我。它位于山谷的正中央，地处拐角，离车站也仅一步之遥。那是一个无可挑剔的地方。"

他上次来是独自探访，而这次有美惠陪伴左右。也许他们的梦想将不再遥不可及。凝视着眼前这片开阔的空地，山本的心中升腾起一股强烈的自信。

空地上肆意生长着杂草，四处散落着非法倾倒的垃圾：方便面纸杯、空啤酒罐、破碎的镜片、烧酒包装、泡面渣、一次性筷子、塑料垃圾袋、零食包装盒、烟灰缸和烟头，一片狼藉。

带他们前来的房产中介老板开始把这些垃圾整理到一边去。

"如果你们选择这块地，旁边就有要出售的住宅，把它一并购入，就可以在附近安家，全程见证临终关怀设施的落成。之后从这里上班就可以了。只要你们夫妻二人齐心协力，就没有做不成的事。"

他边蹲着身子拾掇垃圾边这么说，然后又猛地站起伸了一下懒腰。

看样子，合适的租赁房源是找不到了。既如此，何不就此从头开始呢？

但这片地位于棚户街的正中央。旁边是一家弹珠店，店门前聚集着一群面目可怖的男人。

"这里有点吓人。"美惠低声说道。

山本却认为："但我觉得，这里就是我们事业的起点。"

美惠也有同感。

他们决定买下这片40坪①的废弃澡堂遗址以及旁边的两层楼房，然后就住在这里，齐心协力开创未来。

两人已经下定决心。

山本至今仍然坚持：

"在山谷里从事福利工作的人，包括我在内，都是外来者，每天都要从其他地方赶过来，所以我们无法真正了解山谷的真实情况。正因为我是外人，所以我才想把自己完全投入到这片土地。就住在山谷里，去经营山谷的临终关怀事业。我觉得只有这样，才能真正看到山谷的真实面貌。"

不过，山本手中的资金只有父亲资助的300万日元，

---

① 约132平方米。

再加上美惠此前辛苦积攒的 1000 万日元。

然而，购买住宅、新建 40 坪的房屋少说也需要 2 亿日元①的资金。山本日复一日地奔波于银行间，最终总算借得 1.4 亿日元。这本身就是一个奇迹。但加上美惠的 1000 万日元，他们还有 5000 万日元的资金缺口。

山本带着他的临终关怀设施计划书，遍访了他在家人之屋工作时和作为基督教徒学习时所结识的旧友。

就这样捐款开始一点一滴地募集而来，终于，银行贷款和捐款的总和达到了所需的数额。

住客不问出处

决定设施名称的关键，是当时为筹集捐款提供过帮助的基督教团体的一位祭司说的一句话："设施的名字就叫希望之家怎么样？"

这个名字将山本的心之所求准确地化作了语言。

"这个名字一下子就说到我的心坎里了。'希望'，还有'家'。为了让谁都能看得懂，我提议'希望之家'全部用平假名来书写，于是就这么定了下来。只是，当时是那样一种情况，算什么'希望之家'，我们的计划太鲁莽了。还有人戏称说应该叫'鲁莽之家'。"山本笑着说。

美惠虽是护士，但仅凭她一个人的力量是无法照顾到所有的入住者的。好在山谷不缺坚定的合作伙伴，当时已

---

① 约合 1000 万元人民币。

经开业运营的上门护理站波斯菊便是其中之一。山本美惠夫妇与这些团体进行深入交涉，完善了看护体制。

2002年10月，一座地上四层、共21个房间的民间临终关怀设施在山谷的街道上落成，这就是"希望之家"。

山本雅基担任理事长，美惠则是护理主任。在设施竣工之前，他们还设法凑齐了所有的工作人员。

开业不久就作为志愿者工作，至今仍做着与超度亡者有关的佛事的僧侣山田义浩（福井县圆乘院净土宗）如是说：

"我印象最深的是第一次去希望之家的那一天。有一个年纪应该是上幼稚园的女孩子在楼里跑来跑去，我还以为是工作人员的女儿呢。但女孩说她父亲住在蓝色帐篷里。也就是说，她是无家可归者的孩子。"

救助这对父女的地方政府工作人员认为，孩子父亲没有抚养孩子的能力，建议送女孩入住儿童福利设施。

"那个孩子父亲竟说什么'你们要把这个孩子从我身边抢走吗？如果要把这个孩子带走的话，那就得拿出相应的钱来'。没办法，区里拜托我们'帮忙找一个父女俩能暂时居住的地方'，于是就把女孩托付给了希望之家。"山田说。

这名父亲生活困苦艰难，但没有什么身体上的疾病。他们只是暂时入住，希望之家依旧毫不犹豫地向他们敞开了大门。起初，希望之家只是计划成为一家民间临终关怀设施，现在，无论申请人是何种情况都会施以援手。山本的这番想法在上面那感人的一幕中得到了生动的体现。

不过，之后的希望之家仍按照原本的计划，不断地提升其作为临终关怀设施的影响力。

山田告诉我：

"在希望之家的屋顶上，有一个被我们称作御堂的礼拜堂。尽管山本是基督徒，但这个御堂并不受宗教束缚，而是被用作各种用途。山谷地区聚集了打日工的人和流浪汉，其中也有死后没有被好好超度灵魂的人。作为一名净土宗僧侣，我希望能够为这些人做点什么。不用说，我得到了山本的许可，每年都会在希望之家的御堂为那些在山谷和希望之家离世的人举行超度仪式。"

曾经的罪犯、黑道人士等身份背景各异的人进入了希望之家。希望之家不因他们的背景而有所拒绝。宗教、职业，一切不问，均予以接受，这就是山本夫妇的立场。

"如果将来我们自己也面临需要被看护的境地，我们希望会有一个这样的地方可以接纳我们。正是出于这种心情，希望之家建立起来了。"

山本如是说。只是，这个愿望终于没能实现，他现在离开了希望之家，孤苦伶仃地活着。

因为和理事长的争执，山本离开了家人之屋，让自己陷入了严重的抑郁状态。他以过去的挫折为基石，实现了从内心深处萌发出的新的希望，但这又为下一次的挫折埋下了伏笔。

第三章
破碎的墙与破碎的心

因人而异的"橡皮泥工作方式"

2002年，克服了重重困难，希望之家终于起航了。它诞生之初借入的近2亿日元资金，全部是山本雅基以个人名义借来的。他计划用15年左右的时间偿还这笔债务，实际也按计划如数还清了。只是，一开始时的运营如履薄冰，陷入了有上月没下月的境地。

希望之家的主要收入来源是对住户收取的住宿费。费用因人而异，但基本是每月143500日元，这个数目正如前文说明的那样，被设定为即便是领取最低生活保护金的人也能够承担。这个价格包括了每日三餐、日常照料以及全天候的监护（不包括上门护理和其他额外的护理服务）。当然，仅凭住宿费是不足以覆盖所有开支的，每月都会有数十万日元的赤字。希望之家是靠着社会各界的捐款和资助来填补这个缺口的。

山本是大家公认的"宣传能手"。他能积极地借助媒体的力量。最初前来采访的主要是基督教相关的报纸，后来普通报纸来采访的次数也逐渐增多起来，希望之家的故事渐渐为人所知。多亏了这些，捐款才能够不断涌来弥补了赤字。

即便如此，也并不能说希望之家达到了设立的目的。

到底应该以怎样的态度对待入住者才是正确的，怎样的照护才能让他们感到幸福？努力的方向仍是模糊不清的，一切都还处于摸索和试验的状态。

希望之家成立大约一年之后，山本与一位特殊的入住者相遇，让他隐约看到了只有在希望之家才能实现的照护真谛。

田代晴一郎当时83岁，已经在山谷生活了五十多个春秋。虽然他有一段时间住在棚户屋，但工作机会逐渐减少，为了省下房租，他无奈过起了流浪街头的生活。随着年龄的增长，他的身体开始出现了各种不适，直至病重住进了医院。病情得到控制后他出院了，但如果他就这么重返流浪生活的话，那很可能少活好几年。在医院方面的劝说下，他搬到了希望之家。

田代年轻时便擅长照顾他人，因而被其他入住者和工作人员亲切地称为"老爷子"，很受爱戴。

每个入住者都有各自的生活问题，田代最大的问题是吞咽困难。他在用餐时，食物无法被顺利地咽下。

希望之家根据入住者各自的状态，将食物分为正常食、碎食、稀食等不同的种类。但无论哪种形态的食物，田代先生都不能很好地咽下去。

在希望之家的二楼食堂，田代吃饭的餐桌总是被咳嗽吐出来的食物弄脏。这使得负责照顾他的护工们备感辛苦。

一天，一位工作人员在闲聊中这样说道：

"田代先生很喜欢在希望之家的房子前晒太阳，周围的人会给他各种各样的东西吃。我看他吃东西的时候竟从未噎着过。这可奇怪了。"

听了这话，山本立刻去观察田代晒太阳的场景。果不其然，他发现田代蹲在马路边的角落，靠着墙壁，津津有味地吃着奶油面包。

秘密就隐藏在田代的姿势中。

山本立刻决定，将田代用餐的桌子移开，把饭菜放在折叠式矮脚饭桌上，让他蹲在食堂的地板上进食。一开始，这个方法确实奏效了，但没过多久，田代又开始噎着了。

"田代先生在街头生活了很长时间吧。或许让他继续保持那种在路边吃饭的方式，他会感到更加舒适。我们不妨尝试一下？"山本说。可是，护工们却皱起了眉头。

"你是说让我们帮助田代一个人在路边吃饭吗？那岂不是又让他回到无家可归的状态了吗？"

"可是，田代先生最近体重明显下降了。我们还是先试试看吧。"

于是，从下一顿饭开始，他们邀请田代回到他晒太阳的固定位置，在那里摆放了矮脚饭桌，试着帮助他用餐。结果，田代顺利地吃完了食物，完全没有噎着。

这让护工们感到惊讶。

"不试试看是不知道的。"就是这么回事，山本想。

在那个瞬间，山本心中涌现出了一个新理念——"希望之家的橡皮泥工作方式"。这个理念不是根据设施方的机制和安排来协调入住者，而是让设施方根据入住者的不同需求灵活改变经营形态，就像捏橡皮泥一样。山本卸任后，这一工作方式在希望之家也一直被传承下来。

之后的一段时间里，针对田代先生的晒太阳配餐服务一直持续着。或许是慢慢地习惯了工作人员和设施，田代后来在食堂里也能顺利地进餐了，不再噎食也不再呛到。

希望之家的独特之处，并不在于提供作为建筑物的"家"。它更像是开辟出的一个入住者和工作人员能够肩并肩生活的地方。只有把田代当成家人，感同身受地为他考虑，才能做到为他提供适合他的定制照护。如果要考虑盈利的话，或许最好是统一护理方式。然而，无论是山本还是美惠，都在不计较收支的情况下，向每天遇到的课题发起挑战。

后来，田代先生患上了认知症，不能自理的事情也日益增多了。即便如此，在心情愉快的日子里，他有时会借"散步"之名，悄然失踪。美惠曾多次慌乱地去寻找。希望之家的大门是全天候不上锁的，不管是谁都可以自由出入，所以才会发生此类事情。

"或许，将他送往专门的养老机构会更安全些？"

门卫经理曾这样提议。但所有员工都一致表示：

"大门上锁的地方会锁住他的自由，就让他在咱们这里安然度过余下的时光吧。"

在田代先生的身体状况每况愈下,排泄控制变得愈发困难之后,希望之家始终如一地守护在他身边。

2005年6月29日,田代先生躺在二楼自己房间的床上,与世长辞了。

生命的最后几天,他一直躺在床上,连饭都吃不下。

美惠女士特意为田代买来了哈根达斯香草冰淇淋。

"田代,吃冰淇淋不?"

"嗯。"

美惠轻轻地挖起一勺,送到田代先生的唇边。香草冰淇淋的奶油碰触到了他的嘴唇,他伸出舌头,轻轻舔了一舔。

"好吃吗?"

"嗯,谢谢。"

这句话成了他的遗言。山本夫妇感到,田代先生的"谢谢"包含了他对在希望之家度过的数年里发生的一切的感激之情。以这样的经历为精神食粮,这个曾经被人们背地里说成是"鲁莽之家"的希望之家逐渐赢得了人们的认可,成长为一个真正值得信赖的家园。

压力与酒精

但另一方面,工作的重负和挑战也让山本的心理上和生活中承受着巨大的压力。即使是在过去的访谈记录中,山本也透露出了那些煎熬的日夜。

> 我曾三度崩溃,其中两次都是因为和入住者发生了冲突。最后那一次发生在前年年底。在一次诵经活动中,入住者冷笑着说:"这太无聊了,我简直是听不下去了。"身为设施负责人的我对他挥出了拳头。我们的真心实意,难道就只能得到这样的回报吗?我感到无比沮丧,甚至一度想要放弃希望之家。(2006年5月11日,《产经新闻》)

对入住者动手,通常情况下,这是不被允许的。然而,这也显示出山本所承受的压力有多么巨大。他的性格本就是过于天真的,压力的累积从希望之家创立之初就开始了。

2006年,山本出版了著作《东京的棚户街:在山谷开启临终关怀》,使这个项目在社会上得到了更广泛的关注。然而,书中也有这样的记述:

> 那是在希望之家运营的第三个月,正值年末的大忙时期。
>
> 经过一系列的试错和摸索,我们刚刚设法使运营走上正轨。没想到,我的抑郁症又犯了。身体状况明显下滑。仿佛有一个声音在命令我"休息",我意识到自己又在无意中按下了抑郁的按钮,于是选择去医院,开始服药。
>
> 但是,那种药物并不适合我。服用后,我变得焦躁不安,对平时可以接受的事情也会无法控制地大发雷霆。

医生的诊断结果是惊恐障碍，为此，他给山本开了另一些抗抑郁的药物。

然而，山本心中始终被工作的压力所困扰。他的家原本应该成为他的避风港，却因为紧邻希望之家，不得不设置了护士呼叫铃。山本必须全天候地对接入住者和工作人员。尽管这是希望之家的一大特色，却使山本夫妇无法放松下来。"为了彻底融入街区、了解山谷的现实"，山本选择了与希望之家为邻的生活，这反倒使他陷入了有好心没好报的窘境。

山本再次开始依赖酒精来逃避生活，他的著作和当时的采访中都没有提及的是，山本常常将抗抑郁药和酒精混合在一起服用。

我特地采访了中村安江，一位深知当时情况的灵能咨询师。据了解，他对希望之家的活动深感共鸣，多次捐款支持。在这个过程中，他与山本夫妇建立了深厚的友谊，并成为他们倾诉烦恼的知己。

"我读过山本的书，对他所从事的工作产生了浓厚的兴趣，因此决定亲自拜访这对夫妇。如果有人提出要求的话，我就会透视对方的能量世界和气场，以此为基础进行相应的治疗。由于工作关系，我经常能听到那些有烦恼的人的心声，而山本夫妇两人对灵能世界非常关注，有时也会找我咨询相关问题。

"夫人美惠一直非常担忧丈夫的健康状况。她总是感到很不安，担心如果山本继续同时摄入酒精和抗抑郁药，可能会患上青年认知症。"

酩酊大醉的状态其实是酒精对中枢神经系统产生了影响。酒精浓度逐渐升高，中枢神经的功能就会加速下降，这样一来，患上认知症的风险也会随之增加。酒与认知功能之间的关系很深，甚至有"酒精性认知症"的说法。身为护士的美惠曾目睹多个此类病例，甚至在希望之家也有患有这种疾病的入住者。山本不仅饮酒，还同时服用抗抑郁药等药物，这无疑加重了对他的伤害。因此，美惠多次向中村安江咨询，表达对丈夫的担忧。

"美惠非常担心自己的丈夫也会因同样的症状病倒，这种担忧让她极度不安。她总是说，至少要让丈夫戒酒。当她询问我如何劝说丈夫戒酒时，我说：'如果滴酒不沾对他来说太难熬的话，那就不要让他过量饮酒。在他喝酒之前，你可以先让他喝一些水或者其他什么东西，然后再让他喝少量的酒。你看如何？'我只能给出这样的建议……"

山本的精神状态很糟糕，药和酒滥用的状况非常严重。不过，他与妻子似乎从未向希望之家的员工和相关人士透露过这一情况。

"每次我去，都只是在他家中或希望之家的屋顶礼拜堂与他碰面，没有和其他员工交谈过。"

希望之家成立之初就作为志愿者加入的僧侣山田义浩回忆道：

"因为我自己不能喝酒，所以没有跟他一起喝过，但是山本非常喜欢喝酒。应该是为了缓解压力吧，不过也有喝太多的时候。有时候，他甚至醉醺醺地到希望之家上班。"

另一位工作人员告诉我，他曾多次目睹山本醉酒后口齿不清，对工作人员和入住者大喊大叫的情景。

山本的压力日渐沉重。这样下去，他的身体和精神都可能在不久的将来彻底崩溃，这让他陷入到了深深的不安之中。

山本回顾当时的情景说："那时的状态是，我什么时候油尽灯枯都不足为奇。"

山本似乎又回到了被NPO法人家人之屋解职的那段时光。抑郁症引发的焦虑困扰着他，为了缓解这种痛苦，他再次把手伸向了酒精和药物。这种自我放纵的行为反而让他陷入了更深的压力漩涡，被困在日复一日的恶性循环里。

山本终于想出了一个摆脱痛苦的办法。在卸任家人之屋事务局局长一职后，他在将近一年的时间里处于严重的抑郁状态，之所以能够从依赖酒精度日的地狱里爬出来，是因为他找到了一个目标，那就是建立希望之家。如今，他决定复制那种模式，再造一个"希望之家"。他相信，这不仅能救助更多需要帮助的人，也能让他自己从痛苦中重生。

然而，目前的希望之家在运营上举步维艰，长期处于慢性亏损状态。在这种情况下，制订更大的计划无异于冒险。

尽管如此，山本仍然保持着踮起脚尖向前看的心态。于是他想到了"把整个山谷变成希望之家"这样一个相当宏大的设想。

这个宏伟的愿景在他2006年出版的著作中随处可见。

与此同时,希望之家正面临着转型期。当时,为使资金筹措更容易,希望之家开始考虑将设施转变为NPO法人。

  自成立以来,一直以任意团体①身份活动的"希望之家"的运营主体"山谷·墨田河畔支援机构"在2006年4月18日获东京都认证,成为NPO法人。(中略)这意味着通过这一认证,"山谷·墨田河畔支援机构"作为一个法人,将具备签订合同的主体能力,并能够在法律的多个层面行使法律效力,其开展的社会活动也将得到认可,从而获得更高的知名度。(《希望之家新闻通信》第1期,2006年8月出版)

借着这股东风,山本开始大力推动"把整个山谷变成希望之家"的计划。

  首先,2006年,山本在山谷街道创建了"和谐护工站",这是一个专门培养志同道合的护理人员的机构,负责将他们派驻到山谷中的棚户屋和福利设施工作。

  为了建立这个站点,山本又借贷了大约300万日元,这充分展现出了他的强硬态度。

  当时,他在接受杂志采访时这样表示:

  如果和谐护工站的运营步入正轨,那么当前的赤字

---

① 未经政府批准、自由组建的不具有法人资格的团体。任意团体虽然相对自由,无需接受政府的指导或监督,但在筹集资金等方面受到诸多法律限制。

将减少一半左右。虽然在护理服务方面，也有别的公司进入了六本木新城，但为了让我们的志向持续下去，还是需要我们做出相应的现实的努力。（《癌症治疗最前沿》，2006 年 8 月）

把当时的赤字压缩到一半左右，这个目标多少让人觉得有点操之过急。但是，山本还有另外一个能够让他保持如此强硬态度的理由。原来，他看到了一个更为大手笔的资助项目，其"前景正在成型"。

初识江原启之

2006 年 9 月的一天。

希望之家的街对面是一家自助洗衣店，洗衣店周围自动地形成了一个小小的社交沙龙。上了年纪的男士们，手里拿着从自动售货机买来的罐装咖啡或小杯装的酒，正在那里悠哉地闲聊。

突然，一辆出租车从吉野路的方向驶来，所有人都齐刷刷地望过去。出租车轻快地驶近，在希望之家的大门口停了下来。

大门口前面，出入的护工和护士的自行车整齐地排成一排，这辆车的到来把本就不宽敞的道路塞得满满当当。美惠神情慌张地跑出来，把自行车挪到一边。过了一会儿，山本也走了出来，和美惠一起往出租车里看。

门开了，一个体魄健壮的男人走了下来。

正在往空咖啡罐里按烟头的大叔站了起来,口中喃喃自语:"啊,真是个有气场的人。"

这个男人,就是因朝日电视台的热播节目《气场之泉》而闻名全国的江原启之[①]。这天,他第一次造访了希望之家。

那时,江原因与癌症病患交流的经历,对临终关怀事业产生了兴趣,主动提出要和山本夫妇做一场对话访谈。尽管江原在电视节目中总是身着传统的和服,但在那天,他却选择身着牛仔裤和一件图案花哨的翻领衬衫,显得很随意。

为了使江原能够全面了解希望之家的日常生活,山本夫妇热情地引导他参观了整个建筑。江原细致地察看了从一楼到四楼的每一个角落,亲眼见证了这里对入住者体贴入微的照顾。

对话访谈的地点选在了屋顶的礼拜堂。

山本出生于 1963 年,江原则出生于 1964 年,两人年龄相仿,又因同一部电影改变了人生轨迹,对谈氛围很是热烈。从当时的报道中,我们似乎还可以感受到他们之间的那种强烈的共鸣。

山本在对谈中说:

> 我想用希望之家的灵能之"气"填满整个山谷街区。这就涉及我们过去的十年里,如何在山谷这片"充满悲叹的土地"传播希望之家的理念和爱。
>
> 因此,我想,虽然建一千户希望之家是不可能的,

[①] 江原启之(1964~),日本作家、男中音歌手,曾是神职人员。

但把整个地区看作一个大的临终关怀设施，我们派人过去工作不就好了吗？最终能改变一个人的，是母性。如果和谐护工站派去的护工们能用"母性的精神"唤醒像冻土般的大叔们的心，我想山谷会发生戏剧性的变化。(《新潮45别册A·NO·YO》2006年12月号)

谈及未来时，山本总是散发出一种独特的魅力，即使到现在也是如此。他并不雄辩，但也不讷言。他会一边说着"嗯，怎么说才好呢"或者"那真的好难"，一边仔细思考，字斟句酌，把话说到对方的心坎里。

就这样，江原先生成了山本的铁粉。

当时，曾经梦想过有一天自己也能经营临终关怀设施的江原，用以下这番话结束了访谈：

要想实现我个人的临终关怀构想，那是还有很长的路要走的。目前我想支持一下从事临终关怀相关事业的人，但我切身地感觉到，山本实现他的理想比我自己实现我的临终关怀构想要快得多。

基于这次见面，山本的新计划浮出水面。那就是"第二希望之家"计划。

前面提到的灵能咨询师中村安江对我讲述了他直接从美惠那里听说的情况：

"多亏江原先生提出他要出资，第二希望之家的计划得以顺利推进。我们拿下了一块离山谷有点距离的土地，占地 120 坪①。而且那笔定金是江原先生支付的。"

在他们相识约 2 年后，江原自己也在《妇女公论》（2009 年 9 月 22 日号）上披露了该计划的进展情况。那篇报道的标题是《独家告白：江原启之已启动"第三幕"，在山谷实现临终关怀》。

在报道的开头部分，江原宣称：

> 明年 6 月，我将实现夙愿，开设一家临终关怀设施。在东京都台东区被称为"山谷"的棚户街，我们将建立"希望之家·日本堤"（暂称）。它占地约 100 坪，设有 28 间冷暖设备齐全的房间……

此外，该报道还提到：

> 我相信，借助山本夫妇的力量，我想要建立的临终关怀设施终将会实现。他们夫妇俩也对此表示赞同。（中略）我今后也会继续投身于此，在物质和精神上给予他们大力支持。

这可真是热情似火，有一种计划马上就要实施的气焰。但迄今为止，这个计划仍然没有实现。

我探访了据说当时由江原先生买下的"第二希望之家"

---

① 约 396 平方米。

的计划用地。从山谷地区中心步行10分钟即可到达。这里静谧而祥和,甚至还保留着一座街道小厂。在这片原本规划为第二期希望之家的土地上,几座私人住宅已经拔地而起。

我就此向对面经营商铺的男子进行了询问。

"啊,怎么说呢,当初说是要给流浪汉建临终关怀设施之类的吧。那是马路对面的街道组织的事,我不太清楚。"

那位男子接着说道:

"我听说这是希望之家的理事长和那个唯灵论者江原先生策划的,但具体情况我也不太清楚。这一带离山谷较远,尽管他们说想要建立面向无家可归者的临终关怀设施,但这里的情况与山谷是截然不同的。旁边的自治会会长带头,一度贴出了反对建立临终关怀设施的海报,但很快就被撕下来了。我听说,他们给希望之家和江原他们寄了一封表达反对意愿的信,结果对方很快就非常轻易地退出了。"

我采访了多位当地人,得到了相似的证词。

对于"非常轻易地退出了"的说法,我总是难以释怀,觉得并非山本的一贯作风。

于是,我向山本求证此事,他的回答迅速而直接:

"我与江原先生在运营方针上存在分歧,我的处理方式并不被看好。我俩都是喜欢主导的人,就是合不来。"

运营方针等,这些都是需要在不断完善计划的阶段进行沟通磨合的事情。难道就没有其他原因吗?我反复地追问,却只得到了"我们二人合不来"的回答。

真相确如山本所说的那样简单吗?

那么气焰万丈地进行披露的理想就这样销声匿迹了。是否还有更深层次的原因呢？

我向江原启之先生本人提出了正面采访的请求，没想到他竟然答应了。由于他正忙于公演的准备工作，我通过Zoom①对他进行了远程采访。他坦诚地讲述了当时的情况，表示"没有什么需要隐瞒的"。

江原先生是唯灵论的专家，一直都在与癌症等重病患者进行深入的交流，这是他工作的一环。这些患者中，有的正值青春年华，却要与晚期癌症苦苦斗争；有的则在绝望中诅咒着来日无多的命运的无情。听着这些人的话，江原先生不知不觉对临终关怀设施的运营产生了强烈的意识。

在与山本实际见面之前，江原先生只是知道存在山本这样一个人物。家庭临终关怀事业运营第一人堂园晴彦医生是江原的深交老友，他对江原说"东京有这么一个地方"，向江原介绍了希望之家的事迹。有了这样的铺垫，江原先生一下子就对山本这位民间临终关怀事业的先驱产生了浓厚的兴趣。他希望能够有机会与山本见面，而这个愿望因杂志社的对谈企划得以实现了。

江原回顾当时的对谈，这样说道：

"我们的谈话并不仅仅局限于医疗方面，我们进行了各种深入的交流。我们谈到了在面对死亡的场所，如何引入更多的灵能层面的关怀，我们认为，把这样的理念传播到全社

---

① 一款专业的视频会议软件。

会不是很好吗？我和山本夫妇意见一致，完全意气相投。"

江原先生的热情空前高涨，在对谈当天，他就慷慨解囊向希望之家捐赠了 100 万日元①。

山本夫妇与江原先生互换了手机号码，从此开始了他们的私人友谊。山本夫妇多次邀请江原先生来到山谷，带他参观了山谷街道的每一个角落。

于是，在他们初次见面的几个月后，由江原先生负责财务、山本夫妇负责实际运营的第二希望之家的构想开始启动。这种迅猛的发展速度，与山本、美惠从邂逅到结婚，再到创立希望之家的历程如出一辙。

山本带着江原先生拜访了山谷的所有关键人物，其中之一就是担任上门护理站波斯菊的代表一职的山下真实子。

"在山本的介绍下，我与江原先生见过几次面。山本给人一种感觉，仿佛事业马上就要开始了，然而我们却感到有些迷茫。这是我当时真实的想法。"山下真实子说。

当时在山谷活动的人中普遍存在一种不信任感，他们怀疑："在电视上出了名的人真的能做慈善事业吗？"

江原先生自己也有这样的感受：

"我有一种印象，大概我是被怀疑了吧。所以我记得我多次跑到那里去解释这件事。"

与此同时，山本已经联系了与自己有交情的房产中介，为获取土地而四处奔波。尽管有人认为他们或许操之过急了，但这并没有阻止山本的一路猛进。

---

① 约合 5 万元人民币。

2009年6月，山本夫妇看中了一片距离山谷不远的120坪的土地。这是一处废弃澡堂的旧址。山本想起建造希望之家的土地也是废弃澡堂的旧址，他感到这似乎是一种宿命。

江原先生也亲自来到现场，他说："土地面向大路，是规整的长方形，形状很好。"他下定决心要买下这块土地作为捐赠。

"这块土地的面积是120坪，总价大约是1.2亿日元①。当时我已经决定将自己的人生投入到临终关怀事业的运营中，所以毫不犹豫地支付了这笔费用。"江原先生说。

但就从这一时期开始，事情的发展变得诡异起来。

山本作为第二希望之家的设计和施工负责人，执意推荐了一家与他有私交的公司。这一举动，在负责财务的江原看来，无疑有些不同寻常。

"这本身并无大碍，但我在人际交往中也有自己的关系网。如果我向他们表明我们的项目是临终关怀方面的，即福利性质的事业，我相信是会有公司愿意以等同于志愿者的价格来为我们工作的。虽然我对山本这么说了，他却固执地说'不，我一定要请这家公司参与'。他的态度太顽固，让我感到一丝不安。"

在没有给出合理解释的情况下，山本强行引入了自己选择的公司。江原自然会担心这背后是否隐藏着某些秘密。

---

① 约合600万元人民币。

我手头有第二希望之家的设计图。地上四层，30个房间，非常气派。上面标有设计事务所的联系方式，我就试着与他们取得了联系。

设计事务所的代表匿名提供了以下信息：

"江原先生购置了一块土地，并委托我们公司进行设计，到这一步还算进行顺利，但当涉及到实际施工阶段时，山本却无论如何都坚持要由他自己选择的公司来承担这项工作。"

那是一家专门从事内部装潢的公司，不少相关人员担心，如果让这家公司负责整体施工，他们可能难以承担。但是，山本却坚持己见，毫不让步。

我向山本询问这些证言的真实性，山本回答说：

"那家公司确实在那个时候给予了我很大的帮助，我也希望他们能承担施工工作。但是，我有那么固执吗？"他脸上露出诧异的表情。然后，他断言其中没有什么猫腻。那家公司目前已经停业，我试图核实当时的背景情况，但联系不上。

前文提到的设计事务所代表说：

"那时，山本坚持非得要让那家公司负责施工。这件事情搞得非常复杂，我最终决定退出。不过施工方是江原先生，所以我们按时收到了设计费。"

江原这样说道：

"当山本说'非这家公司不可，不行就不干了'的时候，我们的计划便无可挽回地破裂了。我们要推进的计划是临终关怀项目。我想，设计施工工作怎么会非得要那家公司来做？我们不应该在这些方面过于执着。非那家公司不可，而且居然还说'不干了'。听到他那么说的那一刻，我深感这个计划前途堪忧。"

尽管如此，江原已然斥资1.2亿日元购得了土地。他竭尽全力寻找接盘买家。

"幸运的是，那块地最终被一家房地产公司接手，但算上违约金等费用，我最终亏损了大约7000万日元[1]。这是一笔高昂的学费。"

江原先生对临终关怀事业充满热情，在与山本相遇后，他的决心似乎更加坚定了。尽管实际的运营工作交给了山本夫妇，但计划最终失败了。这次失败让他意识到："无论从事何种事业，都要负起自己的责任，在自己的能力范围内全力以赴。"

如今，江原先生在东京表参道的一般财团法人日本唯灵论协会的事务所设立了"支援之家"，为身患疑难杂症等需要帮助的人提供免费的住宿房间。

但是，为什么山本如此执着于让那家公司负责施工，甚至不惜让他的商业伙伴江原先生对他产生了决定性的不信任呢？我就此又向山本本人询问了一次。

"那时我可能埋头往前冲，没有看清周围的情况，意气用事，最终导致了冲突。"

说着他低下了头，我感到他的心理状态有些异常。不知道是不是为了抑制住在希望之家承受的压力，他过于亢奋的心理使他无法看清周围的事实？我再问他，他回答：

---

[1] 约合350万元人民币。

"这是唯灵论层面的灵感。我不是指和灵界沟通。我只是茫然地觉得和那家公司合作事业一定能成功。这种想法越来越强烈，就把事情搞得不可回头。"

2010年的春天，第二希望之家的计划完全化为泡影。似乎也有人想在江原和山本之间说和，帮助他们修复关系，但江原先生的心已经彻底凉了。

从那以后，一切就好像一直在勉强转动的齿轮，终于开始出现严重的错乱。

"山本夫妇非常失望沮丧。描绘计划蓝图的山本自不待言，美惠的失望也很大。然而，在日常工作中却不能因此有所怠慢。他们要始终保持笑容。我想那种无可救药的精神和工作的压力一直在他们心头堆积着。"前文提到的灵能咨询师中村说。

在与山本以及他周边的人交流的过程中，我经常听到"灵能"一词。这是山本夫妇生活中的重要关键词。

临终关怀设施运营的一切，就是与人打交道。单凭努力往往无法解决所有问题。这是想躲也躲不掉的苦恼。在这种情况下，人们会渴望借助于某种超越人类智慧的力量。山本夫妇的苦恼已经达到了这样的程度。

失去了江原启之先生这位搭档，第二希望之家的计划落空了。然而，这一切都是在无人知晓的情况下发生的。从表面上看，希望之家的名声仍在持续高涨。

在江原先生与山本决裂的那段时间，一部以希望之家为原型的电影上映了。这部电影是由山田洋次导演执导的

《弟弟》（2010 年 1 月上映）。山田洋次导演凭借《寅次郎的故事》系列等作品，早已为观众所熟知。在这部电影中，笑福亭鹤瓶饰演了一个不断给吉永小百合饰演的姐姐添麻烦的弟弟。最终，弟弟入住临终关怀设施"绿之家"，而这家设施的原型便是希望之家。

影片中小日向文世饰演设施负责人小宫山进，而石田百合子则饰演其妻千秋。

这部电影描写了夫妻两人合伙经营绿之家的情景，拍得很美。山本却苦笑道：

"实际上，我就像鹤瓶师傅一样，总是一个劲地跟漂亮的姐姐（吉永小百合饰）撒娇，喝酒给别人添麻烦。鹤瓶师傅这样一个角色，简直就是我的写照啊。"

NHK 的纪录片《行家本色》剧组对希望之家的采访也是在这个时候开始的。该纪录片的构成与在希望之家工作的美惠女士的日常生活密切相关。

江原提出退出、电影《弟弟》的上映、NHK《行家本色》的播出，这些几乎是在同一时间段进行的。山本觉得当时的世界就像是以希望之家为中心转动着一样。

抛开第二希望之家的受挫，希望之家表面上看上去仍在顺利运转，但后来又发生了一件事，将山本推入到了深渊之中。

消失的妻子

2010 年 12 月 13 日，以山本美惠为中心描写的 NHK

《行家本色》开播。

纪录片以深入美惠生活的形式，描绘了希望之家的日常。那些入住者离开了家人，到达山谷的街道，然后在希望之家被工作人员攥着手度过了最后的时光。他们的日子被用温暖的视角记录了下来。

对于纪录片中"何谓专业人士"的问题，美惠这样说道：

> 我认为他应该珍惜大自然的流转轮回，相信所有的人，相信所有的流动，他是一位能够让人信赖的人。

山本雅基、美惠夫妇在自己家里观看了该节目。两人都一言不发地盯着屏幕。

在节目播出后的第二天，即12月14日，希望之家的工作人员、NHK的导演以及电影《弟弟》的剧组人员等大约20人在浅草的居酒屋举行了一场圣诞派对兼庆功宴。希望之家的工作人员几乎同时参与了日本代表性的电影导演的作品和日本代表性的人物纪录片节目，会场气氛热烈而又昂扬。

每个杯子里都倒满了啤酒，大家在山本的提议下举杯庆祝。然而，山本本人的身体状况并不好，他没能坚持到派对的最后。在派对的气氛达到高潮时，他坐出租车回到家中，直接上床睡下了。当天，他也同时服用了抗抑郁药和酒精，导致身体不适。

宴会一直持续到午夜。与会者流连忘返，相互约定下次再聚，然后才依依不舍地离去。《行家本色》和《弟弟》中所描写的日常生活今后应该还会继续下去。但第二天一早，山本在家中醒来时，却发现旁边美惠的床位空空如也。

美惠消失了。在饭桌上，山本发现了一张纸条，上面写着："我再也不能对灵魂说谎了。"纸条旁边放着一枚戒指，那是美惠直到昨天还戴在左手无名指上的结婚戒指。

山本一时不知道发生了什么。美惠经常使用的手提包和部分衣物也一同消失了。他询问希望之家的工作人员，结果无人知晓美惠的下落。

直到下午，原本应该上班的男性员工中，有一个被昵称为"佳佳"的颇受欢迎的人也没有出现。美惠是和佳佳两个人一起走出希望之家的。

只有一家周刊报道了这件事。文章标题是《山谷的特蕾莎修女"为婚外情私奔"！》（《女性自身》2011年3月22日号）。为了核实编辑部收到的报料信的真实性，该杂志的记者亲赴希望之家进行了采访。报道中，山本是带着一脸困惑回答记者提问的。

不仅对于希望之家，对于整个山谷，不，对于整个护理行业来说，这是一个令人深感震惊的消息，但这一报道当时并没有引起多大的关注。杂志的发行日期是2011年3月22日，但实际上是提前两周上市的。也就是说，上市的时候正值东日本大地震发生的前夜。那时全日本都被大地震的创伤所击垮，没有多少人去关注什么婚外情私奔。

作为一名杂志记者，我也是在山本亲口告诉我之后，才知道美惠失踪这件事的。

山本对和美惠一同消失的佳佳也有着深刻的印象。

原来,他曾是电影纪录片《与特蕾莎修女一起生活》的摄影师。为拍摄这部电影,他来到希望之家。电影完成后,他成为希望之家的志愿者,经常出入这里。

山本说:"他是个心灵手巧的男人,不仅亲手打造了我们法人的网页,而且在运营方面也表现出让人信赖的能力,因此深受大家的喜爱。我也不是没有察觉到,美惠被他吸引了。然而,佳佳却一本正经地宣称自己是太阳神拉的转世,他经常说能看到人们前世的事情。他甚至声称,他和美惠在前世是一对父子。他是一个令人感到不可思议的男人。"

——这一定是一场误会。美惠很快就会回到我身边的。

山本坚信这一点,但美惠再也没有回到希望之家。几名工作人员好像联系了她,请求她重新回来工作,但是很无奈,美惠似乎去意已决。

山本的老朋友,认定NPO法人"患病儿童支援网"的理事长坂上和子女士跟我说了这样一件事:

"我定期在某女子大学进行嘉宾演讲,涉及社会福利方面的内容。有一次,我邀请了山本作为演讲嘉宾。然而,在演讲当天,我收到了他发来的消息:'坂上女士,今天我不能去了。'我以为有什么事了,就问他情况,他回复说:'夫人出走了,丢下信和戒指出走了。'这让我非常震惊,因为我一直认为他们夫妻关系非常和睦。但是,考虑到山本原本就有些情绪化,我非常担心他,他内心的支柱一旦突然崩塌,今后该如何是好。"

没有美惠,何谈希望之家。与坂上女士一样担忧的人应该不在少数。

但是，美惠离开之后便杳无音信了。山本在 2011 年左右开始出现统合失调症的症状，正是在美惠失踪后。

前面提到的灵能咨询师中村安江提到了山本的情况：

"美惠离开后，山本时常与我联系。为了听他谈事情，我曾几次前往位于希望之家旁边的他的住所。然而，每次进入房间，我都发现室内一片狼藉，酒瓶和啤酒罐遍地。有好几次，我不得不先帮他打扫房间。

"此外，山本开始提及已故艺人的名字，称'最近我能和这些人对话交流了'。这让我非常担忧。他还告诉我，他想把山谷变成一个大型的希望之家。他非常认真地向我解释他的计划，说要建一个 300 人规模的机构，但我认为这是一种异常的精神状态。"

多位相关人士讲述了同样的故事，我也从山本本人那里听到了类似的事。

美惠走了，山本孤零零地留在了与希望之家毗邻的住所。他仍然寄望于新的希望之家计划，期待它能打破现状。

这是一个前所未有的宏伟计划——在山谷街道上建设能容纳数百人的箱形建筑，并将其打造成该地区福利资源的枢纽中心。这个设施被称为 CCRC，是一个可以在健康时入住，即便在需要护理时也能继续居住的地方。

CCRC 全称 "Continuing Care Retirement Community"，意为"持续照护退休社区"，它起源于 20 世纪 70 年代的美国，是一个可以让人们在健康时期开始入住，即使随着年龄的增长，也依然能够活出自我、享受生活的共同设施。

在日本，虽然已有如"智慧社区稻毛"（位于千叶县千叶市）和"唯丸中泽"（位于东京都多摩市）等成功案例，但这些都是以实力雄厚的企业和医疗法人为运营主体的。这样的事业，绝不是一个普通人能够独立完成的。

然而，山本孤身一人，却萌生了在山谷建立数百人规模的 CCRC 的想法，并从 2015 年左右开始，朝着实现这个目标的方向迈进。

为此，没有钱是不行的。为了获得捐款，他开始四处奔走，联系他的私人朋友和相关人士。但这并非易事，抑郁症的困扰、饮酒引起的意识混浊，以及统合失调症引起的妄想，这一切一同向他袭来。

坏事仍接踵而至。2016 年 1 月，山本失去了可以说是唯一理解他的人——他的父亲。

"父亲很理解我的愚蠢之处，我一有困难就向我伸出援手。说起来不好意思，他一直在资助我直到他去世。甚至在去世后，他也在一直支持我。我有一个梦想，想把整个山谷都变成希望之家，想创建山谷版 CCRC。父亲告诉我，那是一个非常棒的想法，你一定要实现它，他愿意将遗产全部用于这个梦想。"

2018 年我第一次见到山本时，他一本正经地对我说："身在灵界的父亲也在支持我。"

山本被解职

曾经，是希望之家这个梦想拯救了山本，让他在人生低谷中找到了前行的动力。那时,他身边有一位名叫美惠的优秀的智囊兼伴侣。构想第二希望之家时,直到中途都有江原启之这位知己同行。

现如今,沉迷于CCRC构想的山本四周已无人相伴。尽管如此,他仍然努力与能够理解他内心的亲朋好友取得联系,向他们透露自己的计划。每每遇到对此感兴趣的人,他都会尽力说服对方提供资金支持。因此,希望之家的业务逐渐被他抛之脑后了。

我就此采访了NPO法人"儿童力量"的代表井上留美子女士,她是山本在担任家人之屋事务局局长时就认识的朋友。

井上留美子女士回忆起与山本的第一次见面,那是在20多年前,她因失去患有儿童癌症的儿子,正在悲痛中寻找心灵的归宿。

"当时,通过参与东京都筑地癌症中心的父母会,我自己开始稍微平静下来,或者说,有一段时间我把那里当成了住所。那时我遇到了山本,问他有没有什么我可以做的事情。于是山本对我说,家人之屋有些整理旧邮票和铃铛商标①的工作。他说话的语气并不强硬,只是听我倾诉,然

---

① 1960年,本着"让所有的孩子在平等、富足的环境中接受教育"的理念,"教育设备推动会"(现改名"铃铛商标教育推动财团")获日本文部科学省许可成立,开展"铃铛商标运动"。运动赞助公司在商品上印上点数不一的铃铛商标,孩子和家长定期将购买商品时收集的商标交到学校,由家长教师协会(PTA)等统一分类整理后寄到铃铛商标教育推动财团。经财团核实,铃铛点数就能以"1点=1日元"的兑换比例为学校添置由合作公司提供的教育设施。另外,合作公司会自动向财团捐助相当于兑换额10%的捐款,用于形式多样的教育援助。

后提出建议。他没有说任何大话。我至今仍然记得，当时听了他的话，我感到非常安心。我对他说：'是吗，我也有可以做的事情了，我也有可以让自己活下去的地方了。'这种感觉真的很神奇。"

虽然这么说有些不好听，山本是一个在"正经"时充满活力且值得信任的人。他的出现给井上女士带来了一种难以言喻的治愈效果。在筹备成立NPO法人时，井上也曾特地拜访山本。

"从我们第一次见面到现在，大约已经过去10年了。那时候，希望之家已经成立了。我清楚地记得，当我向他请教有关成立团体的一系列问题时，他给了我很多具有实践意义的建议，比如我该去哪里咨询，公司的高管人数应该控制在多少比较合适，还跟我谈了关于公司章程的一些想法等等。"

在儿童力量实际成立之后，山本也经常为井上提供宝贵的建议。除此之外，他还让井上他们在希望之家屋顶的礼拜堂举行股东大会。这样一位值得信赖的前辈，却在2017年至2018年期间，开始频繁地向井上发出一些奇怪的邀请。

"比如有一次，山本向我透露，他正在策划筹建希望之家以外的新设施，为此，他打算通过投资比特币来筹集所需资金。他询问我是否有兴趣加入。但当时的我手头拮据，真是一分闲钱都拿不出，便回绝他说，对不起，您确实帮过我很多，但这次碍难从命。"

还真有人捐了款，那就是前文提到的患病儿童支援网的理事长坂上和子女士。

"那是在 2017 年左右，山本联系到我，说他正在筹集资金，计划在山谷建造新的设施。由于他曾经关照过我，我当时在自己力所能及的范围内给他汇去了 10 万日元。这样的情况发生了两三次。但他说过的那个计划似乎已经无疾而终了。"

2017 年 5 月的理事会大会上，山本被免去了希望之家的理事长职务，降为普通理事。

山本本人至今仍然对这件事表示着不满，但这个人事调整实在是迫不得已。山本对于履行自己的职务只是草草了事，却全力推动他自己的计划，对于希望之家而言，他成了负担。山本是以"希望之家的代表山本雅基"的身份进行引资的，这甚至导致希望之家受到了"捐款是否真的被使用"的质疑。

转年的 2018 年的 3 月 17 日，这一天，希望之家举行了每月一次的例行会议。会议内容不仅包括上个月的报告和业务联系，还包括当月和下月的计划，并对这些计划逐一进行确认。

每次这样的月度会议都是在位于建筑顶层的礼拜堂里举行的。

和往常一样，包括山本在内的 5 名理事和主要员工聚集在一起开会。3 点多开始的会议如常进行，但当临近尾声时，一直沉默不语的理事长突然开口了：

"我现在有一个紧急动议。"

山本从手中的资料里抬起头来。

"关于理事山本雅基先生，我提议解除其职务。赞成的人请举手。"

除了山本，其余的4位理事都举起了手。

山本一时间无法理解眼前发生的一切。理事长开始宣读解除他职务的理由。

"解职的理由是，他们把我要做的CCRC工作定性为夸大妄想，对我进行声讨。当然我也觉得CCRC实现起来是挺难的，但那绝不是妄想。我自己坚信这一点。"山本告诉我。

房间突然变得昏暗起来，山本眼前仿佛被一层紫色的雾霭笼罩。这一切太过分了，他的脸色变得苍白，意识开始混沌。

"虽然有一句话叫前途一片漆黑，但真正动摇的时候，视野就会发紫。"山本模模糊糊地这样想着，走出了礼拜堂。

从那天起，他再也没有踏进过希望之家一步。

被山谷拯救

即使被解除了理事职务，山本也没有放弃山谷版CCRC的构想。不，正因为被解职，那计划才更像是一种怨恨执念，栖息在山本的心头。

在2016年，山本失去了他的父亲治夫。2018年上半年，他把家族老宅作为抵押，开始四处借钱。为了使这些借来的资金增值，他不断地将钱投到有诈骗之嫌的投资中，这让周围的人倍感困扰。那段时间，他甚至无暇为双亲的离世哀悼。

2016 年丧父，2019 年丧母，妻子美惠不告而别。在这个世界上，山本能称之为亲人的，只剩下比他大 3 岁的姐姐石仓伦子了。

我曾在东京都内的一个地方与石仓女士见面。当时，她挺拔着如同仙鹤般修长的身姿，注视着我。从她的眼神和态度中，我感受到了一种墙壁般的隔阂。

伦子不断地问："你和我弟弟到底是什么关系？""你想知道什么呀？"她一连串的提问，让我甚至分不清我和她谁才是记者。

我试图解释，这次采访仅涉及山谷和山本之间的关系，然而她的话语总是离题万里。不过，在听她说话的过程中，我渐渐明白她为何会持有这样的态度。

原来，当时山本家中时常有身份不明的人进出，其中不乏被山本本人邀请来"帮忙做 CCRC 事业"的人。但在伦子女士眼中，这些人都不过是"想唆使弟弟后自己狠赚一笔的恶棍"。她甚至怀疑我是否也是这群人中的一员。山本周围的环境真是混乱不堪。

因为山本的缘故，伦子的生活也是一团糟。

"我们绝对不是关系融洽的姐弟。最近一年我们相互没有说过话。虽然说出来有些难为情，但事实上围绕着父母遗产的问题，我们之间还大闹了一场。弟弟在钱的事情上是太不负责任了。"她厉声说着亲弟弟山本的事，越说越激动。山本向父亲借的数百万日元至今未还，姐姐如此表现也在情理之中。

另一方面,她在交谈间不断地询问"最近我弟弟怎么样了?""他身体还好吗?""他能好好吃饭吗?"。她嘴上对弟弟进行了严厉的批评,但其实内心深处还是对他充满了忧虑。

"美惠出走已经有大约 10 年了。在这 10 年里,弟弟失一又失二,最终失去了一切。美惠在的那会儿,无论大事小事,她总是愿意想法儿为我们调解,但自从她离开后,弟弟的酒瘾似乎也越来越严重,甚至希望之家的人也开始联系我了。"

希望之家的人开始联系她,究竟所为何事?

"美惠是在 2010 年年底失踪的,不久之后我母亲身体不好住院了,女儿也要参加考试,我这里忙得不太能联系他。那个时候,希望之家的工作人员联系我说'山本酗酒了',这让我很是为难。尽管他们这样告诉我,但是已经出嫁的我又能做些什么呢?只是,我内心深深地感受到,如果美惠在的话,她一定会伸出援手帮助我吧。"

自从希望之家开业以来,美惠一直是那里的核心人物。她的突然失踪对设施和工作人员来说无疑是一个沉重的打击。然而,希望之家经常是住满的状态,它的经营活动不能中断。至于山本是否能接替美惠的工作,答案显然是否定的。山本的生活一片混乱,甚至他的亲姐姐都接到了关于他的电话。

尽管经历了巨大的风波,希望之家依旧屹立不倒。

只是,山本的人生却愈发混乱。严重的抑郁症症状和长期酗酒问题让他备受折磨。在统合失调症症状剧烈爆发的急性期，他曾多次被救护车紧急送往医院。

山本本人是这样描述当时的情形的：

"我最害怕的是被夺舍的妄想。一位本应长眠地下的中学同学试图侵入我的身体。那种恐惧至今如在眼前。我坐在房间的床上，看着他从右侧走来，他的身体逐渐融入我的身体。我心跳如鼓，本能地知道，如果他完全进入了我的身体，我就会死去。那种恐惧是无法用言语表达的。"

为了摆脱疾病的纠缠，他大量服用药物，甚至自己叫救护车。在这样糟糕的状态下，他无暇也无法与姐姐建立良好的关系。

伦子女士回忆道："记得那时，弟弟还住在希望之家边上。我有时会去他那儿找他商量些事情。不知何时起，一名自称支援者的人出现在了我们的生活中，可能是被那个人挑唆了吧。我们因为钱的问题吵了一架，从那以后就没见过面。"

我也曾见过伦子女士提到的这名支援者。他最初是网购产品的推销员，后来与山本结识，两人志趣相投，他渐渐成了山本家的常客。他的真实身份令人难以捉摸，自称曾经营过多家公司，让人不禁对他的真实动机产生怀疑。

然而，没有了钱也就没有了缘分，当山本将他父亲留下的遗产、以老家家宅和自己的房屋作抵押借来的钱全部用尽后，这名支援者便消失得无影无踪。

2018年我认识山本时，他不想跟我说起自己欠钱等事情，所以我并不知道他的财务状况一度如此紧张。即便我知道了，那我也是爱莫能助的。

就在山本倾心于山谷版CCRC的宏伟蓝图时,他还将手中的钱投入到顾问费等方面。此外,不知是被商家的甜言蜜语所诱导,还是他自己突发奇想——虽然我向他本人确认过但仍旧不得而知——他意图将自己的生活经历改编为漫画,并以此作为集资的工具,他在这个漫画制作项目中又投入了数百万日元,这些资金还是以他老家的房产作为抵押借来的。

"如果这个漫画能被大出版社看中,价值将达数千万日元。"

他当时说的这些话让周围人一片茫然。

父亲留下的遗产份额加上不计后果借来的债务等,大量的资金都流入了山本的腰包,但这些钱最后都不见响地打了水漂。最终,他不得不卖掉自己的房子,以支付房租的方式继续住在那里——也就是用所谓的回租住房。

每当我听到山本的这些往事,尽管这是别人的故事,我仍然不由得产生一种坐立难安的感觉。山本的生活毫无计划,得过且过,对未来毫无打算,只是一味地想着如何把手中的棋子变成钱。

不过,在这些消失的钱中,也不乏对第三方和团体的慷慨捐赠。这就是山本令人费解的奇特之处。

当他得到父亲的一整笔遗产时,他就主动找到他有所了解的慈善机构,捐了不少钱。

"我很高兴看到他人因我的帮助而展露笑颜,所以我才捐款,因为他们会高兴的。"山本说起话来就像个孩子。

专门帮助生活困难者的某法人代表说:

"有一天，山本突然到访，他一上来就说要捐赠自己随身携带的现金。我起初只是表示感谢。山本随手将一个大包里的现金一股脑儿地倒在了桌子上，然后就打算回去了。我吓了一跳，说等一下，山本先生，我们需要确认这里有多少钱，一共捐了多少钱，还得办理相关的收据，请您在我们面前好好确认一下捐款总额。"

这位法人代表叫来了单位的会计师，清点桌子上的现金后发现捐款总额超过 100 万日元。

"山本对拦住他的我们连看都不看一眼，只是简单地说了声'我走了'，然后便又乘上出租车离开了。"

法人代表说着苦笑起来。

这样的金钱运用方式，周围的人会以怎样的眼光看待，受捐者又会有怎样的感受，山本是无法深入考虑的。而且，他在同一时期多次进行了类似的捐款，可以说是毫无计划。

山本还曾向前面提到的 NPO 法人儿童力量捐赠了大约 100 张东京迪士尼乐园的门票。

法人代表井上留美子女士说："山本讲，那次捐赠用的是他父亲的遗产。"

结果不知不觉中山本已将手头的资金耗尽，就在几个月前，他甚至开始向曾经捐赠过钱物的团体寻求捐款资助。总之，当时的山本整个人陷入到了无以复加的混乱之中。

无论是大额捐赠，还是山谷版 CCRC 的计划，都映射出山本的内心深处有一种专一的"希望能帮助到别人"的想法。但这种想法，或许由于统合失调症的困扰，以一种让周围人无法理解的方式表现了出来。这不仅仅使他失去了金钱，更侵蚀了人们对他的信任，最终摧毁了他自己的生活。

然而，无论他的捐赠行为显得多么随意，一个不可否认的事实是，山本的捐款和行为确实为他人带来了帮助。

前面提到的NPO法人儿童力量的法人代表井上留美子女士说：

"有一个家庭，最小的孩子是六兄妹中的小妹妹，那时她还在上幼儿园。这个小女孩患有视网膜母细胞瘤，马上就要失明了。当时山本给我们捐赠了迪士尼乐园的门票，我们便决定让这个小女孩和她的家人一同来享受这个礼物。

"自小女儿生病以来，父母始终陪伴在她身边，一起和病魔作斗争。因此，他们根本没法儿全家人一起去旅行。山本提议，在孩子完全失明之前，为何不和家人一起去一趟迪士尼呢？于是，我们将山本捐赠的门票转交给了他们。

"那对父母说，家里孩子太多了，没有必要全家人都去。我告诉他们，这是一位好心人托我转交给你们全家的礼物，请务必全家一起前往。然后就把票给了他们。

"那时，小女孩的眼睛已经几乎看不见了。他们全家游玩回来后告诉我们，在迪士尼乐园，他们亲身感受到了夜间花车巡游的现场气氛，这是第一次全家人聚在一起开心游玩。正是山本如此的善举，让许多人得到了帮助。"

山本的行为看似随心所欲，实则始终秉持着一贯的初心。

总之，在山本看来，为了那些遇到困难的人（或许这样的说法并不十分准确），只要能够给予他们帮助，无论做什么都是值得的。

越是到了走投无路的时候，山本的这种冲动就越强烈。

不,更准确地说,正是因为走投无路,他才会依赖这种冲动。那是想为像自己一样可怜的人、像自己一样生活艰难的人做些什么的冲动。我很好奇,这种冲动的根源何在?这种冲动本身最终将山本推向了绝境,而某种意义上,它又是山本的救命稻草。不顾及日常的业务和生活,投身于一个看似毫无成功希望的计划,以致他在自己创建的希望之家也无法立足。尽管如此,他还是拥抱了执行宏伟计划的冲动,毫无规划地投入了大部分到手的资金,结果致使自己的生活都破产了。

不过,山本至今仍这样说:

"虽然这是一个山谷版的 CCRC 计划,但只要坚持下去,或许真的会成功。毕竟,20 年前我创办希望之家时,周围的人也都认为那是一个鲁莽的计划。"

过去的成功经验给他带来了巨大的信心。当然,这并不是一件坏事,正如他本人所说,成功的可能性并非零。然而,仅凭山本一己之力,想要实现一个能容纳数百人的设施建设计划,终究还是不太可能。

似乎有人曾委婉地劝说过山本,但那时的他根本就不想听。

最终他心中构想的蓝图夭折了,用于支付房租的积蓄也已用光见底。

破产的阴影逼近眼前。

坦诚地说,这个结局其实早已注定。上门护理站波斯菊的山下真实子女士虽然从未明言自己的意图,但她无疑已经锁定了她的救助目标。然而,在山本经济尚有余力,生活尚能勉强维持的时候，援助是困难的。就算她主动伸出援手，山本也会毫不犹豫地将其推开吧。

2019年4月，山本长期住院的母亲和子终于与世长辞了。

山本的亲姐姐石仓伦子女士向我们讲述了事情前后的情况。

"那时弟弟生着病，似乎是过着依赖酒精的生活。他常常在醉酒后给我打电话。我是嫁到石仓家的人，本以为看护住院的母亲和支付医院的账单等等可以由弟弟承担，但他对这些都置之不理。"

伦子最后不得不下定决心，用母亲的部分积蓄支付了这些费用。

从那年的年中开始，山本的身心健康状况急剧恶化，他的体力不断下降，频繁住院。

时间进入到翌年即2020年的4月。

山本因为肺炎被紧急送入一家普通医院。他在医院中经常说"这里有灵能师""我可以与灵界交流"等奇怪的话。他还出现了明显的幻视、幻听症状，因此被转到了东京都内某医院的精神科。

之后，由于病情有所稳定，再加上其本人的强烈愿望，山本出院了。但是没有任何人支持的山本，是很难独自一人活下去的。他和唯一的亲人，他的姐姐伦子也处于绝交状态。

最终，还是山谷拯救了山本。

上门护理站波斯菊和友爱会，这两个在山谷致力于上门护理的机构开始行动起来。他们接手了接山本出院回家的任务，为此，他们必须做好相应的医疗和护理准备。这些准备工作迅速有序地做好了。

说得残酷一点，在山本走投无路、陷入绝境之时，终于，"援助之手"从天而降了。

波斯菊的山下真实子女士成了山本的常客。她整理了山本的多个存折，计算出了他的余款和借款的金额。山本的借款不仅有贷款，还有许多来自个人。山下女士一一给这些个人写信，并用山本的账户余额逐笔偿还。此外，她还与台东区福利部保护科取得联系，为山本申请生活保护。

与波斯菊相濡以沫

在支撑山本现在的生活上，毫无疑问，上门护理站波斯菊起到了核心作用。

理事长山下女士如是说：

"山本虽然现在是我们服务的对象，但我们与他曾经是守护山谷福利事业的伙伴。我们和希望之家的关系如今也是很好的，他们是可以信赖的。"

波斯菊始于 2000 年，那时，它仅由 3 名护士和 1 名事务员共 4 人组成，虽然规模极小，但逐渐发展壮大起来。

现在的波斯菊由上门护理站和白天看护服务部（后者约有 50 名用户）组成。波斯菊不仅是一家派遣照护经理的居家护理支援事务所，还运营着"波斯菊公寓"和"波斯菊之家'花'"。其中波斯菊公寓有三所，分别为"天空"（可容纳 4 人）、"结"（可容纳 6 人）和"树荫"（可容纳 9

人）；波斯菊之家"花"（可容纳 13 人）和希望之家一样，在"免费或低收费住宿场所"的制度框架下运营。

波斯菊的团队由 35 名全职和兼职护士组成，另有理疗师、照护经理、护理福利师、事务职员等，是一个总人数超过 60 人的大家庭。他们通过上门护理机制支援守护着接近 300 名用户。

如今，波斯菊已成为当地不可或缺的存在。但在其法人成立之初，有着一段困难与惊喜交织的岁月。

理事长山下真实子女士这样描述当时的情景：

"刚开始的时候，山谷给人的感觉是，在那里是不可能建立上门护理站的。"

1990 年代快结束的时候，山下下定决心要在山谷的街道成立上门护理站。

"在那之前，我在一所准护士学校担任教员。那当然是一份极其重要的工作，但对我而言，却也是一份极为艰辛的职责。我沿着既定的轨迹，培养出一批批整齐划一的护士。尽管那份工作很有意义，但与我内心深处所追求的目标越来越远。"

于是，她决定在山谷开启上门护理的事业，并向所在学校递交了辞呈。

为什么选择山谷？

她不愿意详述那些细枝末节。她只是说，在成为护士学校教师之前，25 岁左右时曾在工棚里度过，那段经历成为她选择山谷的契机。工棚，是一个为工人提供食宿的类似工人集训所的地方，多分布在大型工地、工人聚集的街道等地。

　　山下女士所投靠的工棚的社长，是一个做苦工的人，他对山下没有过多询问就收留了她。在那段日子里，山下女士在工地等处体验了体力劳动。那时，工人们口中的"山谷是个很糟糕的地方，聚集在那里的人是无可救药的"这句话，深深地印在了她的心中。

　　随着时间的流逝，当山下开始对准护士学校教师这份工作产生疑问的时候，脑海里那山谷的风景重新浮现了出来。

　　对于山下女士来说，山谷是一个让被社会抛下的人聚集在一起的街区。从某种意义上说，山下自己也是从准护士学校教师的生活中被抛下的。如此经历不久后便让她产生了这样的想法："我也是一个被抛弃的人，就像那些聚集在山谷的人一样，我和山谷的土地是息息相关的。"

　　"话虽这么说，但我当时一无所知，就这么行动起来了。总之，我去了山谷，在先行开展活动的故乡会和山友会那里做起了志愿者。这算是先跑起来再学习吧。如果要建一个从事上门护理事业的场所，按全职员工来算的话，至少需要 2.5 名护士，我当时连这些最基本的事情都不知道。现在想起来真是太鲁莽了。"

　　鲁莽者山下，鲁莽者山本。山谷里鲁莽者甚是多矣。

穷困潦倒，一切尽失

　　2020 年 11 月 2 日，山本离开了那所毗邻希望之家的房子，搬到了可以享受生活保护住房补助的公寓。也就是前面提到的离三之轮站很近的那个单间公寓。

搬家那天我也去帮忙了。实际上，那些具体的搬运活是由山谷中无人不知、无人不晓的"企业工会哼哈"全包下来的。这也是波斯菊的山下女士的安排。

哼哈这个团体是由山谷中的临时工们自发组成的，他们的初衷是为了摆脱那种不稳定的生活。他们为生活困顿的人提供低价的搬家服务、轻体力活劳力等，服务范围不仅仅局限于山谷。

中村光男先生是哼哈的发起人之一。他曾经这样说过："在山谷从事这些工作时，有人会问我，你是工会那边的还是教会那边的。要这么问的话，我是工会那边的。过去我也做过工会的运动。"

他说，当志同道合的伙伴们共同创立事业单位时，他们选择了"企业工会"，寓意着每个人在这里既是经营者又是劳动者这种立场。

在山本的家门口，停着一辆哼哈的卡车，人们正忙碌地将各种物品搬运上车。长久未理发的山本满脸胡须，默默地注视着这一切。他们将要前往的地方，步行只需要大约10分钟。然而，就这么个距离，当时的山本也是走不动的。

一直以来，山本住在一栋两层楼的独栋房子里。他主要使用二楼的一间6叠的餐厅兼厨房和一间8叠的卧室。餐厅里摆放着一套大尺寸的沙发，后面是一张宽大的办公桌。架子上摆满了各种模型车和西式的灯具，还有圣母马利亚和耶稣基督的雕像。看起来价值不菲的电子管功放和转盘餐桌占据了大部分空间。卧室里，许久未穿的西服、书籍、唱片、DVD等等杂物堆积如山。

而他即将搬去的新居，是一间6叠的一居室。把所有的行李物品原封不动地搬过去，显然是不可能的。

于是，波斯菊的山下女士果断下令："我们只搬必需品，需要哪一个请说一声。"哼哈的中村熟练地开始整理行李物品。

每当工作人员的手触碰到那些山本无论如何也不想丢下的物品时，他只能毫无气力地说："啊，那就给我拿走吧。"

搬家作业进入了高潮，为了避免干扰到搬家的进度，我选择在搬家队伍的外围守候。这时，山本摇摇晃晃地从二楼走了下来，他的身影，恍若一位耗尽了全部力气的老者。

"末并，你先把这个、这个拿一下。"

他递过来的是他父亲的画像，那是一个用袋子精心包裹的画框，我小心翼翼地接了过来。那天，这幅画像无疑是他最为关心的宝贝。

在那之后的一段时间，山本就一直在场边注视着自家的搬家过程。

山本在不断的挫折中，创立了希望之家。虽然有人戏称它为鲁莽之家，但山本让它的运营步入了正轨。他的热情，源自于"想要为有困难的人群做点什么"的初心。他的做法，往往会在别人眼中显得过于莽撞，但正是这种莽撞成了他突破困境的动力，让他跨越了一道道艰难险阻。只是莽撞过了头，将他的心灵和生活也撞碎了。

第四章
"山谷体系":乌托邦还是梦想成真?

地区综合照护体系

拯救失去一切的山本先生的不是别的，正是山谷独立而完善的福利体系。2018 年开始和山本先生交流时，我还没有意识到这一点。但是，随着对他创立的临终关怀设施希望之家以及周边地区的福利事业的了解，一幅完整的画面逐渐呈现在我的眼前：这是一个有着不断自我进化的照护体系的街区。

在这个体系中，山本先生的希望之家和山下女士的上门护理站波斯菊发挥着核心作用。此外，故乡会、山友会、友爱会等 5 个非营利组织也积极参与其中，相互协作，共同支撑着这个地区的福利事业。这可以看作山谷版的地区综合照护体系。

"地区综合照护体系"这个词对许多人来说可能还有些陌生。这是一个由厚生劳动省主导推行的计划，在该省的网站上有如下文字：

到 2025 年，当团块世代①超过 75 岁时，构建一个集居住、医疗、护理、预防、生活支援于一体的地区综合照护体系，让老年人即使在需要重度护理的状态下，也能在熟悉的地方走完自己独特的人生之路。

这个体系基本上是以人们可以在 30 分钟内获得所需服务的日常生活圈（习惯居住地区）为单位的。

可以预见，随着 2025 年的临近，医疗和护理的需求将会上升。面对可能出现的病床、病房和人手的短缺，国家的方针是，鼓励将医院和护理机构的照护服务转向家中进行。在这样的背景下，地区综合照护体系就是政府出于让老年人即便需要医疗和护理，也能够在自己家中或熟悉的地区环境中健康生活的期望，而提倡的机制。它要求多方面的合作，不仅是政府机关，还包括医院、护理设施、生活支援服务提供者、志愿者团体和市民组织等等，共同构建一个实现地区内互助共享的支援和服务体制。

这种体系的构想其实早在 1980 年代就已经形成。山口升医生在广岛县尾道市（旧称御调町）的贡献综合医院工作，他注意到许多患者因血管疾病等手术出院后，由于卧床不起而再次住院。因此，他们从 1970 年代后期开始提供上门医护服务。到了 1980 年代中期，医院内建立了健康管理中心，作为福利保健的行政枢纽。通过整个地区的合作，他们实施了一系列措施，以减少患者卧床不起带来的问题，

---

① 指 1947 年到 1949 年间日本二战后第一次婴儿潮中出生的一代人。

这被视为地区综合照护体系的开端。

2000年，日本开始实施护理保险制度，老龄化问题受到了更多关注。2008年，作为厚生劳动省老人保健和健康提升计划等的一环，地区全面照护研究会应运而生，对这一议题的讨论不断深入。

尽管各地政府纷纷采取应对措施，但在应对少子老龄化带来的福利资源短缺这一挑战上，出台的方案是否充分满足了民众的期待，尚难以断言。现状是，不少地区医疗、护理资源和志愿者团体等短缺，难以满足不断增长的需求。国家和地方政府作为领航者，虽然说要"在地区中提供多样化的服务"，但由于医疗、护理和生活支援的责任分属不同主体，制度设计呈现差异。既然政府机关的管辖是条块分割的，那么一体化的合作就绝非易事。虽然需要各方合作逐步填补制度缺陷，但医院和护理服务的提供方常常会因为必须确保自身利益而举步维艰。"地区合作"的实施并不是那么简单。

然而，在山谷地区，早在护理保险制度实施的2000年以前，便逐步建立完善了由志愿者团体等主导推动的综合照护体系。

山友会与山友诊所

山谷地区曾源源不断地输送体力劳动者，承担起了支撑日本经济底层的重任。然而，当时间步入1970年代，高速增长的经济开始出现衰退的迹象。这一时期，基督教团体和劳动团体等社会力量纷纷自发组成志愿者团队，为体力劳动者提供送餐服务、生活咨询等人文关怀。

很早就在山谷地区从事医疗志愿者工作的本田彻医生说：

"在街头露宿的生活伴随着贫困和疾病。尽管有许多团体从四面八方汇聚到这里，为流浪汉提供帮助，但这些无家可归的人往往没有保险证明，即使身体不适，也不愿踏进医院的门槛。因此，要建立一个能让这些流浪汉感到安心、愿意前去的诊所，这样的呼声越来越高了。"

1984年，护士兼修女丽塔·博尔吉和加拿大出生的天主教传教士鲁博·詹携手发起创立了一个名为"山友会"的志愿者组织，与此同时，一个向所有人免费开放的医疗机构"山友诊所"也开业了。本田医生自开业当时，就一直投身其中。

1980年代后半期经济泡沫开始破灭，随之而来的是日结零工的锐减和老龄化问题的逐步显现。

到了1990年，在山谷一边打日结零工一边积极投身社会活动的水田惠，成立了名为"故乡会"的志愿者团体，这个组织后来在1999年成为NPO法人。水田惠及其团队为有需要的人提供免费的饭团和味噌汤等食物。

2000年，友爱会从上文提到的山友会中分离出来，独立运作。同年，上门护理站波斯菊应运而生。两年后，山本先生创立了希望之家。

来自全国各地的异乡人会聚于山谷，他们不仅作为劳动力被这里所接纳，而且还带来了支援他们的外来者。山谷从不拒绝外来者，这种包容性对于医疗和福利的深入普及起着至关重要的作用。工人们居住的简陋棚户屋和公寓，也热情地迎接了来访的医生、护士和护工。

波斯菊的山下女士这样说道：

"我们护理站和友爱会的护士们不仅深入到棚户屋中，还走进了希望之家和故乡会运营的设施，因此我们能充分了解每个团体的实际情况。这使得信息交流的速度大大提高了。"

每个团体都有自己擅长的领域，彼此对对方的特长心知肚明。一旦这边发生问题，如果那边的设施能提供解决方案，那么就可以立即进行对接，无需逐一向上级行政部门请示。民间团体之间的合作逐渐形成。

从医疗、护理的合作看，山友诊所的作用不可忽视。

前面提到的本田彻医生说道：

"那些打零工的人常常会忽视自身的健康管理。他们中的相当一部分人因过量饮酒而肝脏受损，患有高血压的人也不在少数。还有就是在施工现场受伤的问题。因为是在没有上工伤保险的环境中工作，所以他们即使受伤也得自己想办法。有些人甚至认为去医院治疗是浪费金钱，宁愿将钱用于饮酒。我们能为这些人做些什么吗？正是基于这种关切，山友诊所应运而生，它不仅提供完全免费的医疗服务，还与友爱会、希望之家、波斯菊等多个机构合作，共同支撑着山谷的医疗体系。"

山友会的总部坐落于棚户街的中心位置，那是一座三层高的钢筋水泥建筑，外观粗犷而坚固。这座建筑的一楼设有诊所，除周日和法定节假日外，每天从早上10点半到下午2点多收治患者。

早上诊所快要开门的时候，住在附近的小屋和街头的大叔们开始陆续聚集在诊所前。对面的胡同临时充当了候诊室的角色，几名热心的大叔已经摆好椅子，开始打扫卫生。不久，这些大叔们便坐在椅子上，喷吐着香烟，开始闲聊。这里成了他们的户外沙龙。

本田大夫在山友诊所负责周一的诊疗。1947年出生于爱知县的他，1973年从北海道大学医学部毕业，之后在北海道当地的医院工作。他曾作为青年海外协力队成员被派往突尼斯和欧洲。回国后，他在长野县学习农村医疗。1983年参与设立了以医疗相关人员为中心的NGO（非政府组织）团体"分享"，之后成为该团体的代表理事。

如今，本田大夫每周二到周五在福岛县的高野医院上班，周末赶来东京，周一早上便会出现在山谷。

10点多，山友会总部一楼的卷帘门打开的时候，本田医生开始为门诊做准备。虽说是准备工作，也不过是换下外出鞋，穿上轻便的拖鞋，仔细洗净双手而已。

"我们这儿能不穿白衣服就不穿，这样和来这里的人交流起来更容易。"

虽然医护人员配置会因日程有所变动，但通常情况下，门诊由一位医生和一位护士负责。就在我采访的那天，护士丸田圭子身着的是一件便捷的烹饪服，而非白色的护士服。

丸田护士笑容满面地指着她的围裙口袋说："口袋就在这里（腹部），非常方便。"她和丈夫都是独立行政法人国际协力机构（JICA）的会员，在海外有过长期的志愿活动经历。

诊所位于山友会总部一楼。从小巷踏上一级台阶就能进入办公室兼接待室，推开右手边的滑门便是诊所。那里摆放着两张陈旧的办公桌和一张病床。在滑门的旁边，一个大架子上井然有序地摆放着按五十音图顺序排列的患者病历卡。

"这里大概有 400 到 500 本病历卡。"本田大夫说。

病历卡上记录了患者的姓名、年龄、性别以及就诊时的症状和问诊情况。在姓名一栏，患者可以选择填写化名或笔名。

"有很多人无论如何都不想让别人知道自己的名字。"丸田护士说。

他们或是流落街头的流浪者，或是简陋棚户的居民，或是依靠生活保护金度日的人。他们中的许多人因为自己的现实处境而感到自卑，担心一旦真名泄露，就会被家人和熟人知晓。山友诊所充分考虑到了患者的这种顾虑。

前来山友诊所的患者并不都是清一色的老年人和流浪汉。

在我采访的那天，一个名叫田中吉郎（化名）的 40 岁男子来到了诊所。他身材高大，给人以稳重之感，但他始终低着头不愿抬起视线。

这天，他从北关东的 A 县乘坐电车抵达上野，然后依靠手机地图找到了山友诊所。

田中先生在东北的B县出生长大。他在青年时期就有统合失调症的症状，职场生涯中曾遭受欺凌，难以继续工作。这几年，他一直依靠父亲的养老金艰难度日。两年前，他的父母相继离世，留下他独自面对这个世界。失去一切生活动力的田中，将手头的积蓄塞进背包，踏上了通往未知旅程的电车。

他就这样漫无目的地乘电车到了北关东的A县。他随意下了车，走进车站附近的超市，买了一瓶威士忌。带着这瓶酒，他走进了A县的山区，喝下威士忌后上吊自杀，但没有死成，被市政府工作人员救了下来。

在该县，政府相关职员研究了如何帮他申请生活保护。不过，田中先生提出："我不想住在人生地不熟的A县，我想要去东京，那是我年轻时曾短暂停留过的城市。"

田中说，那位职员找不到进一步说服他的理由，于是他向田中建议："如果你确实打算前往东京，那么在JR上野站附近有一个名为山友会的非营利性组织，你可以去那里咨询一下。"

丸田护士一直轻抚着情绪低落的田中先生的后背，不断鼓励他："你和我们联系了，会好起来的。"令我印象深刻。

在类似田中这样的案例中，如果山友会的职员判断来访者需要生活保护，就会以援助的形式协助其办理申请手续。田中的居民卡是在外县办理的，所以申请过程相对烦琐，但对于山友会的工作人员来说，这只不过是他们日常工作的一部分。此外，像田中这样的受到保护的人，如果在精神上有任何困扰，也可以随时向友爱会寻求帮助。

友爱会与"棚户屋入住者生活援助事业"

2000 年从山友会中分离出来的友爱会，在山谷的主要街道吉野大街向东转弯处设立了事务所。

该组织的负责人吐师秀典出生于北海道，是毕业于国际医疗福利大学研究生院的保健师和护士，尤其在精神科护理领域享有盛名。在山谷地区，许多需要医疗护理服务的精神疾病患者会来向吐师秀典寻求专业咨询。患有统合失调症的山本的访问护理工作，最初是商量由吐师先生负责的。但后来，由于山本先生个人的强烈愿望，护理工作才转交给了波斯菊。

友爱会自 2000 年创立伊始，便着手打造运营了一个免费或低收费住宿场所——"友爱之家"（可容纳 5 人）。然而，走投无路生活困顿的人群不仅局限于住棚户屋和露宿街头的人。随着泡沫经济的破灭，越来越多的人开始感受到生存的压力，拥有各种背景的人开始流落山谷。来自女性的援助需求也日益增加。为了应对这样的现实，友爱会在同一时期增设了专为女性开放的"安乐之家"（可容纳 5 人）。2001 年，还成立了男女皆收的"提升之屋"（可容纳 12 人）。

而友爱会最具特色的服务是"棚户屋生活援助项目"。

对于那些在山谷的棚户屋独居，因年老或疾病而急需医疗护理的人，行政当局会建议他们入住当地的免费或低收费住宿场所或其他设施。

担任代表的吐师先生进行了说明：

"不过，并不是说每个人进入设施就能过得幸福。对不少人来说，在熟悉的棚户屋中生活可能是更加幸福的选择。在这种情况下，每天 300 日元就能帮助他们解决身边所有的问题，这就是棚户屋生活援助项目。"

1 天 300 日元，也就是每月 9000 日元左右。吐师先生说："这是从生活保护金的领取者也能负担得起的金额倒推出来的数目。"每天 300 日元究竟能带来何种帮助？

"我们能帮助解决护理保险范围以外的所有事情。"吐师先生说得若无其事，但事情并不简单。

举个例子，被保险人前往医院的接送服务，在制度上属于护理保险的范畴，但其中并不包括候诊和看诊时的陪伴。这看似微不足道，却让许多人难以前往医院就医。

遇到这种情况，山谷就会启动友爱会的"棚户屋生活援助项目"。项目负责人将指派专人陪同患者前往医院，倾听医生的诊断，必要时还会负责患者的药品管理等工作。

"他们虽然多少有些认知症症状，但还能独立上厕所。三餐也可以准备好便当让他们自己吃。他们无法做到的是去医院和管理金钱，而这些恰好是护理和医疗保险所不包含的。如果我们能在这些方面提供帮助，他们就能在自己熟悉的棚户屋或家中继续生活下去。所以我们才想到了这个机制。"

目前，已有 16 人受益于友爱会的棚户屋生活援助项目。

"医疗保险和护理保险等制度是必要的。然而，制度都会有涵盖范围的问题，总会有一定数量的人无法被完全覆盖。"

比如护理保险服务原则上要年满 65 岁才能享受，且并不包括一些看似微不足道的生活需求，比如照看宠物或者移动家具等。

"棚户屋生活援助项目可以回应各种的请求，甚至包括帮忙换灯泡。"

另外，对于那些长期在街头生活的人来说，他们往往无法有效管理自己的财务。友爱会这样的组织可以暂时保管他们的生活保护金，按天数分次交给他们。我去他们的事务所采访的那天，吐师先生的办公桌上就放着这样的信封，里面装着供一天使用的现金，信封上贴着相应的收据。

棚户屋生活援助项目是对生活的全面支持。当然，一天 300 日元的预算是亏本的。

但吐师先生却笑着这样说：

"虽然会有人说这样做过于鲁莽，但是，只要我们通过其他部分的盈利来弥补这些亏损，那就没有问题。对于我们这个法人组织来说，整体的运营并不吃力。"

致力于解决住房问题的故乡会

当我们谈及山谷的区域合作情况时，就不能不提到故乡会的存在。

故乡会是特别重视住宅问题的 NPO 法人组织。1990 年代前半期在美国纽约开始兴起住房优先的理念，故乡会被认为是最早将这一理念带入山谷的组织，他们的活动目标是将无家可归者从街头带入有屋檐的温馨之所。

这个组织成立于 1990 年，最初名为"志愿者社团故乡会"。每个周日，他们都会进行送餐服务，为山谷的流浪者提供帮助。到了 1999 年，他们获得了 NPO 法人的资格，更名为"特定非营利活动法人自立支援中心故乡会"，这标志着一个新的开始。几乎在同一时刻，他们开设了"故乡千束馆"，这是一个提供免费或低收费住宿的设施，最多可容纳 20 人，员工都取得了护工资格，向住客提供餐饮和其他形式的支援服务。

1996 年 1 月 24 日，东京都的新宿站西口用纸箱搭成的简陋住所被强制拆除了。官方的解释是为了给车站通往东京都政府大楼的人行道让路。随后在东京都内的公园等地，频繁发生了以清扫为名的针对无家可归者的强制驱离事件。就像前面提到的，这些失去住所的流浪者最终被迫集中到了山谷地区。

在这样的背景下，2000 年，日本实施了《无家可归者自立支援法》，这标志着一个转机。东京都自行启动了一项名为"无家可归者地区生活转移支援项目"的新计划。这项计划为那些在街头生活的人提供补助，并且租下公寓供他们居住。居住者个人只需承担 3000 日元，就可以拥有一个有屋顶的住所。这个计划在当时被广泛称为"3000 日元公寓项目"。

故乡会对此表示支持，并将这个项目介绍给在街头生活的人，将约380人转移到了公寓。然而，3000日元的公寓项目是一个截至2009年的限时措施。此后，故乡会坚持住房优先的理念，不断增设露宿街头者可以低价使用的住宿设施。现在，不仅在因山谷而出名的台东区、荒川区，连墨田区、新宿区、丰岛区等地也运营着近30家这样的设施。

整个故乡会全职、兼职员工加起来有近200人，他们为800多人提供了援助服务。

2008年，故乡会作为号召人发起成立了"山谷地区照护合作推进会"，聚集了山友会、友爱会、上门护理站波斯菊等组织，以及本田医生这样的众多支持者。他们定期召开研讨会，不断扩大合作的范围。

不只是等待而是送去援助

若想高效扩展援助的范围，单纯的等待是远远不够的，主动出击至关重要。山友会和故乡会深谙此道，他们定期深入上野车站周围及隅田川河畔，开展爱心外联服务，如分发手工便当和衣物等。这些活动对于了解流浪者现状、提供照护服务是不可或缺的环节。

2021年3月的一天，我有幸受邀参与了山友会的外联援助。在希望之家创立前，山本先生便在山友会当"学徒"（山本语），研究山谷福利事业的真谛。此次，我亦渴望亲身体验一番。

那天，我们准备了40份香气四溢的炸鸡便当。这些便当在山谷山友会总部二楼的厨房新鲜出炉，再由该会理事兼咨询室室长园部富士夫先生驾驶面包车，一一送至需要的人手中。当日参与活动的有园部先生和护士丸田圭子女士，以及我。

在离车站稍远一些的停车场，园部边倒车停车边说道："这里比较便宜。"这是完全自愿的活动，能省一点是一点。

我们从后备厢里取出两个鼓鼓的旅行包，里面不仅装着准备好的便当，还装满了一次性暖宝宝、口罩、创可贴等物品。

园部先生从驾驶座下来，手里拿着记录用纸，将其妥善地放在活页夹里。哪里有多少流浪者，他们过着怎样的生活，都要写在记录纸上，以便可视化地了解流浪者的生活状态。

当日下午6点半，我们一行人在上野车站东侧昭和大街对面的那座大楼下开始了我们的问候活动。露宿街头的生活看似无拘无束，实则每个人都遵守着严谨的规则，以尊重彼此的自由。

丸田女士向我介绍：

"每个人都有自己固定的位置，一旦夜幕降临，他们就会回到这些地方过夜。虽然没有明确的标记，但每个区域都分得清清楚楚，以避免冲突。"

随着日头西沉，大楼底下变得昏暗起来。在一个不小心就会走过、极易被人忽视的角落，有一名男子静静地躺着。

"你好，我们是山友会的。"

护士丸田笑着打招呼。

"啊,晚上好。"

这名 70 多岁的男子应声而起。

"吃个盒饭怎么样?"

"谢谢。"

她从旅行包中取出一盒便当。

男子接过后,脸上立刻露出了满足的笑容:"真热乎啊。"那是一份刚装好的便当,里面的米饭也是刚煮好的。它在保温包的帮助下,保持着热气。

虽然已是早春三月,但夜晚却寒意甚浓。我在牛仔裤里加了一条热力裤,仍感到寒气刺骨。

"我这里还有一次性的暖宝宝。"

"这真是太感谢了。"

男人微笑着接了过去。

"我是山友会的园部,你叫什么名字来着?"

先自报家门,然后期待对方自我介绍。这是园部先生的一贯风格。

"嗯,那就叫我吉田吧。"

记录是为了掌握场所、人数和对方的身体状况而写的,看来没必要非得是真名。

始于上野公园和上野站、横跨整个大街的桥被称为"熊猫桥",穿过它就到了 JR 上野站的站内。走上入谷口的台阶,可见一排红色的警示锥沿墙而立,绳索相连。车站方面大概是在表达"不要在此处逗留"的意思吧,绳子和墙壁的缝隙里却站着几名老年男性。

园部先生上前打了一个招呼:"我是山友会的园部,今天你们在这里吗?"

"是的。"其中一个男人回答。

当得知我们是志愿者,正在发放盒饭时,他们都很高兴地收下了,连声说:"真是太感谢了。"

"口罩、创可贴,还有一次性暖宝宝。有没有人需要呢?"

一名脚后跟化脓的男子接过了创可贴。

"我是护士,要不要给你看一下?"丸田这么一说,他便脱下袜子道:"嗯,那就麻烦你了。"

有在职护士同行的山友会外联活动,其优势就在于他们能展开这样的医疗咨询服务。

"还有,头痛药有没有?"

"很抱歉,我们不是医生,不能直接给药。如果你感到身体不适,可以到山友诊所去,那里的医生会为你提供帮助的。"

"可是,我身上没有钱。"

"不用担心,山友诊所是免费的。"

"我连保险证都没有。"

园部先生解释道:

"山友诊所是依靠山友会的捐款来维持运营的,所以那里的一切都是免费的。那里不需要保险证,药品也是免费的。随时都可以来。"

有人疑惑地嘀咕:"这真是难以置信。"世上没有比免费更贵的东西,这是世间常事。这种无私的付出往往让人怀疑其真实性。

流落街头的人其健康会在各个方面受到威胁。如果置之不理，很可能会危及生命。因此，通过定期的问候和关怀，了解他们的健康状况，并在必要时提供医疗服务，这就是完全免费的山友诊所存在的意义。

此外，对于那些寻求福利救助的人，山友会也同样关注如何引导他们达到目标。换句话说，"为重新开始生活，尝试接受生活保护金也是一种选项"。然而，大多数人的回应是"还没到那个地步"。有些人甚至抱怨："他们总是说接受生活保护的话生活会轻松很多，但如果让他们随意安排我的去处，我可能就会被带到一座我完全陌生的城市，那可就遭殃了。"事实上确实有这样的机构，他们让流浪者接受生活保护，却安排他们居住在不愿意去的地方，几乎卷走了他们所有的保护金。

"如果它们提供的住所能像样一些就好了，但几乎都是那种大家挤在一个大房间里，满屋都是跳蚤和虱子的地方。"丸田说。

这就是所谓的贫困生意。行政部门已经开始重视这个问题，采取了各种措施，但目前的状况是改进的速度没有跟上来。

2020年一场突如其来的新冠疫情，以新的形式折射出社会中那些无家可归者的困境。随着政府发布紧急事态宣言，为防控病毒传播，网吧等公共场所被限制营业。之前以网吧为家的人被赶了出来，不得不露宿街头。实际上，在那天的外联中我们遇到了好几个被那样赶出来的人。我再一次感受到，贫困和无家可归的问题是有可能降临到任何人头上的危机。

这一天，山友会的外联活动持续了3个小时左右，准备的40个便当正好发完了。因季节的更迭和社会形势的转变，具体人数会有所浮动，但上野车站周围平时基本上总有这么多人露宿街头。

除了双休日，从上午9点30分到11点，上门护理站波斯菊每天都会在山谷城北劳动福利中心地下的娱乐室举行医疗咨询活动，为那些对自己的健康状况感到不安的人提供一个免费的咨询平台，确保护理站与需要医疗援助的人之间保持联系。

作为"山谷地区照护合作推进会"的成员以及山友会的副代表，油井和德先生认为："仅仅是医疗和护理方面的合作是不够的。"

"山友会每月都会举办一次'创造住所和生活价值项目'，旨在为流浪汉提供一个聚在一起相互交流、共同参与活动与工作的机会。此外，我们还举办'山谷艺术项目'，鼓励居住在山谷的人拍摄山谷的街道，以此加深彼此间的和睦与理解。"

这些项目将团体和地区有机地联系在了一起，从而自然地促成了合作。

在山谷，除了上述5个团体外，诸如"山谷劳动者福利会馆活动委员会"和"东京山谷日雇工会"等工会组织也积极展开活动。他们不仅与街头的流浪者一起进行食物发放活动，还持续参与集体维权谈判等行动。

在支持针对山谷流浪者的新冠疫苗接种方面，山谷劳动者福利会馆活动委员会也发挥了作用。接种券通常是由市町村发给做过居民登记的接种对象的，因此流浪汉往往无法获得。为解决这一问题，山谷劳动者福利会馆活动委员会居中协调，确保只要愿意接种的人提出申请，接种券就能送达他们的办公室。

以上提到的团体都是来自外地的组织。也就是说是外来者。我想重申一下，正是因为山谷接纳了这些外来者，才塑造出了今日的山谷。不过，山谷的福利服务并非仅仅由外来者承担。

当地居民的理解

从1960年代起，丰田弘子的家族便在此地经营棚户出租屋"绿色庄园"与"绿色分馆"。"干着干着，不知不觉就干成了护理。"弘子笑着说。1956年出生的丰田弘子现在是白根宾馆的老板娘。这家宾馆的服务远近闻名，几乎可与专业的护理机构媲美，每位顾客每晚只需支付2250日元。

1984年，她的上一代关闭了绿色庄园和绿色分馆，取而代之的是现在的白根宾馆。当时还在一家公司做职员的弘子也帮衬着家业。

"原来有的是两个老旧的木制宿舍，所以，我们果断地拆掉了，修建了现在这个现代化的建筑，有了新的开始。在这之后的一段时间里，我一直在做客房打扫和前台（账房）接待，虽然我的生活像是在打两份工，一方面是公司职员，另一方面是家族事业的帮手，但这是我从小就在做的事情，所以我很享受。"

弘子笑着说。

1987年，弘子的母亲清世离世，她因此正式接手了家族生意。在母亲的熏陶下，她没有对继承家业产生抵触情绪。

白根宾馆位于距离希望之家步行约1分钟的地方。

这是一栋四层的钢筋混凝土建筑，共有35个房间。每个房间的大小约为3叠，配备了完善的冷暖设备。厕所是公用的，每层都有设置，浴室则位于一楼，采用分时间段使用的制度。此外，一楼还提供了公用的燃气灶、微波炉和烤箱等设施，供住客自由使用。

白根宾馆的全职和兼职员工总共有7人，包括老板娘弘子在内的3名职员、2名每天轮换的清扫人员，以及2名值班人员。尽管这是一家人气很旺、经常住满的旅店，但在我采访期间，为了预防新冠病毒感染，宾馆采取了避免人员密集的措施，将居住人数限制在了30人以内。此外，宾馆还吸引了许多享受护理保险服务的住客，因此护工和上门护士等工作人员经常出入这里。

这其实也是其他棚户出租屋里能见到的景象。

有一天，当我站在账房前与弘子交谈时，一位住在二楼的住客走了过来，伸出手说："我要吃药。"

弘子干起什么来都是一副习以为常的老练样子，只见她立刻进入账房，从里面拿出一个标有住客名字的袋子，从中取出药物递给他。

"请您就在这里吃吧。"

白根宾馆的账房甚至对有需要的人进行"服药管理"。

有些住客因腰腿疼痛而无法亲自前往账房,还有一些住客则因认知症等病症而忘记前往。遇到这种情况,弘子与她的团队便会亲自将药物送到他们的房间。不仅如此,对于那些花钱无度,将钱财浪费在酒精和弹珠机上的住客,他们会与这些人进行面对面的沟通,在双方同意的前提下进行"金钱管理"。具体来说,就是在账房中为每个人保管钱包,每天仅提供住客必需的零花钱。这种方法虽然简单,却非常有效。

除此之外,当住客因生病或受伤需要住院治疗时,即使是一个月以上的长期住院,只要住客希望,他们的房间就会保持空置,不会租给其他人。如此一来,住客出院后不会失去自己的住处,可以安心地住院养病。

"出院时,不是有医院会诊吗?许多住客没有亲人,所以每次住客出院都是由我亲自前往的。因为如果不知道对方回来时是何种状态,我们双方都会感到不安。最近一次,我觉得还是安排护理床比较好,于是我就这样做了。"

在这样一个跨越两代人、经营了半个多世纪的棚户出租屋,老板娘之所以能对客人如此亲力亲为,还与她个人的生活经历密不可分。

其实弘子长期照料着卧床不起的姐姐。姐姐几年前身体突然恶化,卧床不起,如今处于护理5级①的状态。弘子不

---

① 日本《护理保险法》将需要护理程度由轻到重分为7个级别:援助1级、援助2级、护理1级至护理5级。

仅要为姐姐更换尿布,还必须每隔几个小时帮她翻身,以预防褥疮。保持清洁、定时擦拭身体,这些烦琐的工作是马虎不得的。

她本人笑着说:"我已经习惯做这些了。"

"我做了很多护理工作,深深体会到,如果一个人开始使用护理保险服务,那么至少需要一个5人的团队来支持。"弘子这样说道。

这不是别人教给她的,而是她在每天的工作中自己总结出来的。为了能够更好地担负起团队的那份责任,白根宾馆的员工们每天都在奋斗。

"老龄化问题日益严重,老年人看护老年人的情况日益增加。我认为山谷应该起到领头作用。像我们这样的出租屋,虽然力量微小,但为了解决地区的问题,还是想要做些力所能及的事情。"

弘子的这句话给我留下了很深的印象。

1646年建立的浅草山谷光照院的现任住持吉水岳彦是在山谷出生长大的,主持着任意团体"一勺会"。这个组织的名字背后有一个传说。据说在高野山有一位名叫明遍的高僧,年轻时曾在梦中见到法然上人[①]细心地一勺一勺为病患喂食米汤的情景。自2009年成立以来,这个组织在每月的第一个和第三个星期一,都会向街头的流浪者分发饭团

---

① 讳源空,法然是其房号,日本净土宗宗祖。1133年(长承二年)出生于美作国久米(今冈山县久米郡久米南町)。

等食物，传递温暖。

光照院坐落于山谷中间南北走向的吉野大街东侧。这里曾是1966年住所标识变更前的山谷一丁目的所在地。吉水先生回忆说："我就是在山谷的正中央长大的。"尽管如今他致力于向流浪者提供食物，但他记忆中年轻时自己成长的街道与他现在所见的是不甚相同的。

吉水就读的小学离他居住的寺庙很近，步行几分钟就到了。学校的侧旁，有一座宽广的公园，那里曾经是筋疲力尽的零工们的聚集地。

"每当午休时间，孩子们在校园里玩耍时，那些叔叔就会纷纷靠到用坚固的铁丝网围成的栅栏旁，目不转睛地朝我们这边张望。他们紧紧地握着铁丝网，那眼神让我觉得好讨厌啊。"

在他快30岁时，一个致力于帮助流浪者的团体找到他，询问他是否愿意为流浪者们提供一块墓地。起初，吉水对此感到疑惑："那些连穿的衣服、每天的饮食都搞不定的人，会突然考虑到坟墓的问题吗？"在光照院的院内，有一片长宽约十几米的小墓地。虽然最近已经没这种事了，但过去，常常有日结工的人在夜晚悄悄潜入，拿供品就酒喝。

"说实话，我对打零工的这帮人并没有什么好印象。"

不过，他也找不到拒绝建墓的理由。吉水参加过一次支援团体组织的在新宿街头送饭的活动，那是他第一次有机会认真地倾听流浪汉们的话语。

身穿僧衣的吉水在活动中帮忙。他仍记得当流浪汉们搭讪说"好怀念啊"时，自己感到多么不知所措。

"一些大叔看到我穿着僧衣，剃着光头，就跟我说了很多'以前奶奶带我去过寺庙''小时候和小伙伴们在寺庙里玩过'之类的话。这些话语不足为奇，但我重新意识到，这些人也有过童真时代。"

于是吉水突然想起自己还是小学生时的那一幕。

"那些紧紧握着铁丝网向我们这边张望的叔叔，也许是想起了自己的孩提时代，想起了留在故乡的孩子吧。顿时一股热流涌上心头。"

一勺会的诞生，是在那之后不久。2008年，光照院院内为生活困难者建立了"结之墓"。次年，每月两次的志愿者送饭活动启动，一勺会正式成立了。

此后，公墓的数量不断增加，如今上门护理站波斯菊、山友会、希望之家等组织都为流浪者们建立了墓地。

在一勺会成立之前，从流落街头的人们那里听到的这句话让吉水难以忘怀。

"那些在街头流浪的人说：对于我们来说，拥有一座坟墓可能都是一种奢侈。但当我们露宿街头时，就不得不与所有的缘分告别，如果我们拥有自己的坟墓，那么即使在死后，我们也能与在这里结识的朋友们相伴。这样想的话，就会努力地活好今后的每一天，这就是我从他们的话语里学到的。"

无论是光照院的住持吉水，还是白根宾馆的老板娘丰田，都是在这样的山谷中出生并长大的。在山谷生活的日子里，他们开始承担起照护他人的责任。

接纳那些无家可归的人，向他们伸出援手。随着时间的推移，人与人之间逐渐建立起了深厚的联系。

当人们赋予山谷"福利之街"的美誉时，对其解释并非一成不变的。在这里，大多数生活困难的人都能享受到生活保护，因此，就有一种观点认为，"正是这种福利制度造就了这座福利之街"。从制度角度审视，这种看法无可厚非。

然而，我对山谷的福利有着更广泛的理解。

医疗保险和护理保险提供服务是理所当然的，但仅凭这些，人并不能活得像一个真正的人。

在山谷，福利的提供者们会走出机构，深入街区，开展外联慰问、医疗咨询等活动。如有必要，他们会联络合作伙伴，共同参与其中。此外，他们还提供低成本看护和紧急情况应对服务，触及公共服务无法覆盖的时间和地点，进行资金管理等。他们还尝试通过各类活动，将人们紧密地联系在一起。这些活动的推动者是满怀善意的外来者，而理解这些活动的当地居民也纷纷加入其中。

正因为拥有这样一套山谷版的地区综合照护体系，山谷才得以成为福利之街。

"在全国范围内，护理的区域合作大多是以自治体和大医院为主导，自上而下地进行。但在山谷，却是以横向的民间 NPO 为主体，与当地社区紧密合作，不断自我完善。就此而言，这种模式在全国都是少见的。"本田医生这样说。

在贫困与老龄化问题格外严重的山谷地区，构建起一个完善的地区综合照护体系，这看起来有些理想主义色彩。然而，实际参与其中的人却对此有着截然不同的说法。

"地区内部的照护协作至关重要，但是，山谷地区的成功模式是否能够简单地复制到其他地方，这还是一个未知数。山谷地域极其狭窄，棚户屋密布。这意味着，服务对象集中在狭小的空间内，因此我们能够轻松地为他们提供必需的社区服务，而不需要考虑额外的交通和时间成本。这在山区是很难做到的。此外，山谷地区一直是作为剥削对象的日结工之街，因为这个背景，这里历史上就聚集了形形色色的支援者和团体。这些都和现在的慈善活动有关联。从某种角度看，山谷的确是一个拥有得天独厚条件的地区。"本田医生如此分析道。

像白根宾馆和一勺会这样的组织，能够获得当地居民的理解和支持，是不多见的情况。更多时候，支援流浪者的活动往往会遭到当地居民的反对。

前面提到过的吐师先生说过，原本山谷的照护理念就是与众不同的。

"如果护理保险和医疗保险无法全面覆盖，就得寻找其他途径。就算牺牲一些个人时间，也要紧贴被保险人的需求。我认为，山谷本身就吸引聚集了许多持有这种想法的人。这种特质是很难强加给其他地区的，也是不应该强求的。我们该怎么说呢？或许是因为他们比较喜欢这样，所以才会这么做。（笑）"

某种意义上，山谷是一个得天独厚的地区。

本田医生所言让我吃了一惊。因为我觉得这番话蕴含着真相,并非只是简单的悖论。

明治时代之前[①],山谷曾是与刑场和性产业地带相邻的街区,因而声名狼藉。随后,它又以日结工的聚集地著称。暴徒、暴动、伤害事件等负面形象掩盖了山谷在日本经济增长中所做的贡献,劳动者与当地居民之间的冲突也愈发激烈。在经济高速增长之后,那些被劳动压垮了的人孤独地老去。或许正是因为处于这样的环境,山谷才会成为一个善意聚集的街区。

山本先生的善意也不例外。虽然有人认为他鲁莽,但他仍然勇往直前。他内心深处的想法,或许与山谷的照护者们共有的心理活动并无二致。

上门护理站波斯菊的山下真实子说:

"这里(山谷)是'想为有困难的人做点什么的人'的聚集之地。希望之家的山本雅基先生、夫人美惠女士就是这样的人。他们树立了一种为入住者拼搏到底的形象。特别是美惠,真的很努力。所以,她的出走确实让我深感震惊。"

山本夫妇赤手空拳地投身于山谷,齐心协力,相互扶持,建立起了希望之家。然而,美惠已经离开了。随着对跳出制度藩篱、互帮互助的山谷体系的深入了解,那个曾经活跃在山谷舞台中心的美惠的形象,在我心中愈发地高大起来。

---

① 即1868年之前。

第五章
山谷的特蕾莎修女的告白

弹指十年间

　　山本先生从希望之家离职后，并没有完全放弃自己在山谷建造巨型临终关怀设施 CCRC 的计划，一次又一次鲁莽的行动让他的生活彻底破产。尽管如此，他创建希望之家时所留下的那辉煌的记忆，至今依然是他心灵的慰藉。

　　与山本共同经历那一段风雨的妻子美惠，于山本而言是一个巨大的存在。但自从失踪后，她便如石沉大海，音信杳然。我曾向多名相关人士打探，有人说"她回到了长野老家"，也有人猜测"她应该在冲绳的某个岛屿上隐居"。我甚至亲自探访了她的老家，却毫无所获。至于冲绳的诸多岛屿，当然，我是不可能把它们全部像篦头发一样地篦一遍的。

　　西东京地区的某个 JR 车站。2021 年 7 月至 8 月，东京奥运会在没有观众的情况下举行，赛事正酣的那段日子，我来到了这里。

在关于美惠的种种传言中,有一条我感觉准确性较高:美惠就在这个车站附近生活。

被称为山谷的特蕾莎修女,在人生的巅峰时刻,美惠只留下一行"我再也不能对灵魂说谎了"的留言,随后便悄然消失了。是什么让她选择了这样的道路呢?

我估计美惠没有汽车驾照。从希望之家的时代开始,她的日常出行主要依赖自行车。我决定埋伏在一个看似她可能会出现的自行车停车场里。

虽然没有任何确凿的证据证明她就在这个城市,但我想不出其他更好的方法。带着一线希望,我开始了一天天的守候。

我以为即便真能见到她,她也很可能会拒绝我的采访。然而,我无论如何都想从她那里得到哪怕只言片语——关于她离开希望之家的原因,以及她现在心中的所思所想。

两周的时间流水般逝去。那是一个清晨,天空阴沉,气温却超过了30℃。湿气沉重地笼罩着我的全身,即使静止不动,汗水也不断从我的额头滴落。细雨开始飘洒,仿佛是为了沁润我那即将枯萎的心情。由于忘记携带雨伞,我的衣服早已湿透。我,一个头发上挂着雨珠的中年男子,站在自行车停车场的角落里,样子颇为狼狈。我环顾四周,寻找避雨的地方。

就在此时,她出现了。

那个照片曾在各种杂志和报纸上无数次地出现,其形象已深深烙印在我心中的美惠，正双手提着物品向我走来。我记忆中的美惠，最后的画面是她接受 NHK《行家本色》节目采访时的一幕。十年的时间过去了，她的外貌与我想象中的年龄增长后的模样相符，让我不禁松了一口气。

那天，美惠身穿一条轻便的紧身裤，搭配一件紧身的 Polo 衫。虽然已经年过花甲，但她看起来比实际年龄要年轻许多。

她将手放在了一辆停在附近的红色自行车上。

我急忙慌慌张张地跑过去，大声喊道：

"美惠女士！"

正要把东西放进自行车筐的她抬起头来：

"是我。"

"是希望之家的美惠女士吗？"

她环顾四周，然后点了点头：

"是的。"

我迅速自我介绍，作为一名自由撰稿人，我正在围绕山本雅基先生和希望之家进行关于福利状况的采访。我颤抖着指尖，递上我的名片。

美惠听着我的介绍，接过了名片。她微微一笑，低声说道："躲了十年，还是被找到了。"

多年的采访经验让我从她说的第一句话，就对她是否接受采访有了大致的判断。

我原本以为会被拒绝，但听到美惠的话，我立刻觉得她或许会接受采访。

"您可以简单回答一下吗？我能问您一些问题吗？"

"你想问什么问题?"

"关于您在希望之家的付出和离开的原因。"我坦率地问道。

美惠沉思了片刻。

"现在就开始吗?"

已经是下午6点多了。尽管正值炎炎夏日,但四周的街景已被暮色笼罩。不过,这样的采访,如果对方答应的话,实不宜推迟至次日。如果退一步约到日后的话,那么受访人很可能会改变主意。

"若您不觉得有任何不便,我们是否可以立刻开始?"

"这样吗……"

美惠缓缓地点了点头,仿佛在吞咽一块坚硬的食物。

"那么,不如我们去附近的家庭餐厅如何?"

自那天起,美惠与我的联系变得频繁起来。

美惠出生于长野县伊那市,有一个比她大4岁的哥哥。她在大约5岁之前,是一个经常卧床不起的孩子,稍微不注意,扁桃腺就会发炎肿起来。但是上小学后,这种情况得到了控制,她成了全勤奖的得主。几乎每年她都会被选去参加班级接力赛和速滑比赛。

直到高中三年级,美惠对未来的规划还是一片茫然。但好朋友的一句话,让她的内心荡起了波澜。

"我现在很幸福,因为我有一个温暖的家庭。但是,这个世界上有些人因为疾病或家庭原因无法按照自己的想法生活。我想成为一个能够帮助这些人的人,所以我要报考福利类专业。"

同龄的人有着多么坚定的想法。美惠在惊讶的同时，也为内心空虚的自己感到羞愧。

不幸的是，不久后，这位好朋友因急性肺炎结束了短暂的生命。

美惠至今还记得她母亲在葬礼上悲怆地哭喊着的样子。

在此之前，美惠总是有一种模糊的感觉："或许，我应该选择文科类学校继续学业。"但是好朋友的话语和自己母亲曾经的护士身份，如同双重推手，使她的生活轨迹发生了微妙的变化。

就这样，高中毕业后的美惠进入了东京的一所护理学校学习。

21岁那年，她从护校毕业，在一家研究所附属医院工作，其间她爱上了一名比自己年长9岁的医生。只是，这是一段终究无果的恋情。

那名医生是有家室之人。美惠好几次尝试与他分手，总以失败告终，两人反倒是差一点就一起远走高飞了。为了斩断对他的思念，美惠辞掉了护士的工作。但他们的关系始终不清不楚，若即若离。就这样，近20年的岁月飞逝。他曾经说过："等到明年我女儿就大学毕业了，那时我们就能真正在一起吧。"

然而几个月后，男友突然离开了人世。他是在溪流钓鱼时遭遇不测的。

那时，美惠已经离开了护理岗位，转而在一家医疗出版社担任编辑。在工作单位得知噩耗后，美惠立刻赶回家中。当时她住在一栋25层公寓的20层。面对这突如其来的打击,她一度想从楼上跳下,但最终,她还是打消了这个念头。

理智让她悬崖勒马:她不能让家人承受失去亲人的痛苦。

举行葬礼的日期临近了,但美惠最后还是没有勇气前往。她来到两人常去的海边,望着大海,任时间流淌。她无法接受自己爱了20年的人已经离自己而去。在骨灰安放之前,她偷偷来到存放骨灰的寺庙。那天,住持恰好不在,是他的妻子接待了她。或许是看到美惠当时的样子而有所感动,一年后的同一天,当美惠再次来到寺庙时,住持的妻子递给她一个小袋子,轻声说:"这件事我是一直瞒着住持和故人的家人的。"她将死者的部分遗骨分给了美惠。从那以后,美惠便将这珍贵的骨灰一直带在身边。

自从男友离世,美惠就过上了默默无闻的生活。

两年之后,在即将迈入40岁的门槛时,她一如往常向他的骨灰和遗像供奉上了咖啡,并这样喃喃自语:

"你已经离开我这么久了,我感到疲惫不堪。我请求你,指引我遇到一个出色的人,一个心灵纯净如水的人。即使这个人在社会上被认为是天真愚蠢的,那也没关系。"

正如第二章所描绘的那样,她与山本雅基先生相遇了。

相遇那天,山本对她说:"我想为无家可归的人们建立一个临终关怀中心。"这使她深深地着迷。

在他们的第三次约会中,两人便决定结婚了。然而,在这段回忆里,只有一处与山本的记忆有出入。

在美惠的记忆中,"是我先求的婚"。

在新宿的一家酒店的休息室内,美惠品尝着金汤力,而山本则喝着兑水的威士忌。那时,山本正再一次向美惠讲述自己想要建立一个临终关怀设施的愿望。

他说:"可是,我在这方面完全是外行,也没有足够的资金。"

实现这个愿望,确实不是一个人能够轻易做到的。但是,在面对思念多年的男友的遗像双手合十祈愿的那天,美惠遇到了这样一个人。她感觉到了命运的安排。因此,她深信,只要他们两人心手相牵,一定能够找到实现这个愿望的办法。

在JR新宿站分别后,山本回到了两国的家,美惠则回到了练马①的家。

美惠独自一人坐在房间里,突然灵光一闪:是啊,结婚不就是最好的办法吗?就像用绳子把我们的脚踝紧紧系在一起一样。即使有再多的不愿意,我们也只能像参加二人三足比赛那样,携手共进,一起面对挑战。

一想到这里,美惠立刻给山本打了电话。

"我想,我们结婚就好了。"

对此,就连山本也大吃一惊。

"等一下,等一下,这句话应该是我先说的。"

山本深深地吸了一口气,然后说:

"请和我结婚吧。"

---

① 东京的一个区。

"我愿意。"美惠说。

大约一年半之后，希望之家开始运作。这个过程也正如第二章所描述的那样。接下来，我们将从美惠的视角，观察希望之家的成长。

在步入婚姻殿堂之前，山本坦诚地讲述了自己的前半生。

他的前一份工作是担任家人之家的事务局局长，但不得不辞职，之后因患上严重的抑郁症而痛苦不堪。他毫不掩饰地吐露了因酗酒而导致精神崩溃的事实。

即便如此，美惠还是决心与他结婚。她认为这点小事并不会阻碍他们共同追求的为无家可归者提供临终关怀的崇高理想。对于山本的身心健康问题，她乐观地认为"抑郁就像心理感冒一样"。

事实上，作为一名创业型的企业家，山本的能力很强。他撰写了多种企划书，积极寻求有可能的支持者，满怀热情地宣传建立民间临终关怀设施的重要性。他发自内心的话语让许多人产生了共鸣。

"他是个真心温柔的人。一个值得信赖的人。"

美惠深有感触地这样想。

当希望之家的经营步入正轨，他们面临的却满是意想不到的挑战。开业前，他们凭借满腔热血飞速前进，但现在，他们必须投身于照护、护理等与人打交道的繁杂事务中。仅凭理想不足以解决所有问题。许多居住者曾遭受家人、亲戚、朋友、同事的背叛，身心俱疲。即使你殚精竭虑，也难免遭遇不少的拒绝、抵触，甚至言语和态度的攻击。

其中有那么一名居住者，山本夫妇私下给他起了个绰号——"坏掉的水龙头"。

他的攻击虽不直接，但在别人照料自己饮食、沐浴等日常生活时，他总是不满地抱怨设施和工作人员，仿佛是在有意激怒对方。他那没完没了的咒语般的话语，令不少工作人员精神崩溃，叫苦不迭。

只要他在面前出现，山本便会紧张得无法言语，身体僵直，严重时甚至因此卧床不起。为了摆脱这种压力，他开始依赖酒精，据说他还曾因醉酒而失禁。

更有甚者，山本还必须承受作为设施负责人的巨大压力。

美惠女士讲述了当时的情景：

"他对于什么该做、什么不该做，有着非常清晰的认识。在创建希望之家时，他亲自动手绘制了详尽的规划蓝图；为了筹集资金，他精心制作了充满说服力的企划书，用来说服支持者。他在这方面是才华横溢的。然而，在临终关怀的日常工作中，他却力不从心，几乎什么也做不了。诸如换尿布、协助用餐等基本活儿，他几乎从未亲手做过。"

即便如此，周围人对他还是有着一定程度的认可。毕竟，作为设施负责人，他只需站稳脚跟，负责组织运营就可以了。

"我曾多次告诉他，你的存在就是最有力的支持。你作为设施负责人，只需扛起希望之家理念的旗帜。这就是你的职责，做好这一点就足够了。"

但山本本人对此却充满了愧疚。

"他总觉得自己什么都做不了，钻进了牛角尖。这样的日子持续不断，不久，他产生了一种强烈的想法，那就是必须做更多的事，或者是必须找到只有他才能做到的事。我认为，他之所以执着于建立第二希望之家，就是源于这种想法。"

"他是一个既像天使又像恶魔的人。"——美惠这样形容山本。

"其实他是个心地善良的人。他能全身心地感受别人的痛苦，他能发自肺腑地可怜他人。有时他会可怜那些在生活重压下挣扎的人，甚至把整个钱包递过去……他能不假思索、不计后果地那样做。这也从侧面反映出他能建起希望之家的一个原因。"

另一方面，为了达到目的，山本有些不择手段。在美惠眼中，这样的山本，简直就是"恶魔"的化身。

"他无论如何都要把希望之家的事业做大做强。从成立之初他就说过这样的话。为此就需要搞钱。他曾背着我随意联系我认识的人，试图借得400万日元。有一次，他落入骗子公司的陷阱，差一点背负上亿的债务。这样的事情就没断过。"

但不可否认，山本骨子里确实有着美惠所形容的"天使"的一面——关怀他人的情怀。不然的话，他一个毫无经验的门外汉，不可能白手起家，完成建立起"希望之家"的壮举。

只不过，这一成功经历让山本情绪膨胀起来了。

希望之家已然建成，为山谷的福利事业提供了坚实的支持，但山本建立第二个希望之家的梦想，却终究未能实现。

美惠女士向我叙述了第二希望之家计划破产的经过：

"山本太冒进了。寻找土地时，他迅速做出了决定，我想江原先生也被吓到了。然而，随着居民反对运动的发生，不顺利的事情越来越多。就在那时候，山本喝醉后打电话给江原先生，在电话里大喊大叫。"

关于那次电话的具体内容，美惠女士已经记不清楚了，但可以想象，这应该就是江原先生证词中提到的"非这家公司不可，不行就不干了"的出处吧。不管怎样，在那次电话之后，第二希望之家计划迅速地走向了终结。

美惠女士认为，山本的行为之所以如此古怪偏执，以致令周围的人感到困惑，与其说是他的性格问题，倒不如说是他病情的影响更大。

"我在结婚前就听说过他患有抑郁症，除此之外，他还有一些言行被认为是统合失调症的症状。"

"有人直接给我的大脑发出命令"——美惠说，山本一本正经地讲这种话并且越说越来劲的情况，从结婚之初就有了。

只是，自结婚之初，美惠就极力隐瞒他的这些举动，不让周围的人知道。

美惠似乎认为自己"必须得做点什么，这才算是真正的夫妻"。

当我向山本先生核实此事时，他很纳闷："有这样的事吗?"虽然他明确表示"我的统合失调症是在美惠离开之后才出现的",但从他此前接受采访的情况来看,我感到他过去的举止确实就有类似统合失调症的症状。

山本先生在以前的采访中,曾有这样回答:

> 因为无法适应环境的变化,我从小学时代开始就因为转学而患上了不安神经症、惊恐障碍,每晚反复呕吐,出现幻觉后还曾多次请求父母带我去精神病院。(《癌症月刊》2003 年 5 月号)

我曾经有一次向山本提及这篇报道,山本笑着说:"我当时只是说得有点夸张。"我也没太在意,但听了美惠女士的话后,我开始认为报道的这部分内容,表露出山本有疑似统合失调症的症状,这种病在很大程度上左右了山本的人生。

美惠出走前,山本也会定期到医院精神科就诊。但是主治医生既没有向山本本人也没有向其妻子美惠就病情和用药做过任何说明。

统合失调症是一个相对较新的术语。在 19 世纪以前,它被称作早发性认知症。后来,它的名字被改为精神分裂症。2002 年,基于日本精神神经学会的建议,出现了统合失调症这一新名词。对于这种病的确诊标准,是在很久之后才建立起来的。或许当时对山本的病情的诊断也没有像现在这样严格。

美惠对山本的状态感到担忧,她建议山本换一家医院。

山本来到新医院取药时，才得知自己患的是统合失调症。

尽管山本开始服用抗精神病药物，但他那沉溺于酒精，喝得昏天黑地的日子并没有画上句号。

美惠把当时的情形记录在备忘录中。下面引用的这部分可以清晰地管窥山本酗酒的情况。

> 他每晚睡觉前要喝差不多一瓶红酒和一瓶的烧酒，精神科给的药也一并吞下。他会在我睡着后的凌晨3点或4点左右起床，喝下他藏起来的酒，直到清晨6点左右，他才肯回到床上，继续他的睡眠。
>
> 当然，这让他无法参加早上的会议，而午后起床已经成了他的习惯。
>
> 他的血氨在正常情况下是180到350（正常值是20～90 μg/dl），有时超过500，都无法测量了。
>
> 每当身体不适，他会服用希望之家已故肝癌患者留下的药物降低血氨，稍有起色后，便又沉溺于酒精。
>
> 对于这样的状况，我深感忧虑，并试图向公公说明情况，但是公公对我说："没关系的，我年轻的时候也经常喝酒，美惠你有些严厉了。"我也去了专门治酗酒的医生那里咨询，但得到的回答却是"没办法，我们只能任其自然"。
>
> 一来二去，山本的健忘症越来越严重。他的记忆力明显衰退，言语含糊，步态也开始出现异常，不时跌倒，甚至出现失禁的情况。他开始在半夜里做出奇怪的举动。

以上是美惠女士所写的内容。我将其原封不动地引用在这里，未作任何修改。记录中连血氨的正常值都写了，这看起来是以让别人阅读为前提的。当我向她提及这一点时，她解释说：

"我做过编辑，这是那个时候养成的习惯。"

美惠苦笑着接着说：

"在出版社工作期间，我们负责编辑护士教科书和面向护理专业学生的学习杂志，因此我对酒精依赖症有一定的了解。我每天都在担心，如果山本继续同时服用酒精和药物，最终可能会引发严重后果。但是，这个情况我对谁也没有说，除了某几位理事。"

在希望之家，如果有酒精依赖症症状的人入住，他们会被要求签署禁酒誓约书。然而，负责实施这一规定的山本先生本人却在背地里依赖酒精。尽管如此，美惠认为，作为希望之家的代表，山本必须保持与身份相符的威严，因此她没有向志愿者和普通职员透露山本的实际情况。

但是，希望之家里有一个男人，一个美惠可以倾诉烦恼、无话不说的男人。

和太阳神拉有联系的人

这个男人叫石崎诚（化名），昵称是"佳佳"，他是在2008年中期来到希望之家的。他是拍摄于希望之家的电影《与特蕾莎修女一起生活》的摄影师，参与了该片的制作。

电影完成后，佳佳开始以志愿者的身份出入希望之家，不久，他成了这里的一名正式工作人员。那时的他年近四十，他公开且毫不避讳地宣称自己与古埃及神话中的太阳神拉有着很深的联系。这个怪男人能说会道，能和任何人迅速建立起友好的关系，即使是那些难以相处的入住者，也能在他的沟通下敞开心扉。另外，他知识丰富，为希望之家搭建了网站，是一个值得信赖的人。

我与美惠见了几次面，听她讲过她的前半生。

作为一位护理师，美惠在日常工作中的同时，内心深处却为无果的爱情所困。她曾失去过心爱的人，后来与山本结为连理，并在山本的鼓励下，推动了为无家可归者提供的临终关怀设施的运营。尽管山本的疾病和希望之家的运营让她饱受折磨，但她始终坚韧不拔脚踏实地。她的人生充满了壮烈与挑战，她的情感和志向常常能引起人们的共鸣和想象。

然而，与佳佳相遇后，美惠的行为和思维方式却超出了我的想象。

"他是一个非常不可思议的人，他自称与太阳神拉有某种联系，声称自己是从 12 次元世界来拯救危机四伏的地球的。一开始，我觉得他有些古怪，但在亲眼看见他所创造的种种奇迹后，我不得不开始相信他。"美惠一本正经地说。

"'亲眼看见的奇迹'，能举个例子吗？"

我好奇地问，她想了想答道：

"比如，佳佳去世的朋友曾给佳佳打过电话；还有，他会突然猜中我从未与人提及的'心象风景'……"

她还举了另外几个例子。说实话，尽是些谁都可以创造出的"奇迹"。

当我委婉地告诉她我的这种想法时,美惠低头苦笑说:"是吧,我就知道你会这么说的。"

下面要说的事情比较敏感,需谨慎小心,但美惠还是相信了佳佳。

自称是太阳神的轮回重生来自12次元世界,肩负着解救地球于危机边缘的使命,等等。尽管佳佳的这些叙述远超常人的理解范畴,但他的实务能力不容小觑,他拥有莫名其妙的魅力,能轻易吸引住旁人。

那个时候正是希望之家创办后风头正劲的时期。虽然第二希望之家的计划遭遇了挫败,但希望之家却意外地成为电影《弟弟》的创作原型,NHK《行家本色》节目前来取材,《朝日新闻》的"be on Saturday"①也大量报道了山本夫妇的事迹。

但在这些光鲜亮丽的背后,却潜藏着前文提及的各种隐忧。

山本本性纯真,日复一日积攒下来的压力迫使他不得不依赖药物和酒精度日。他的健康状况持续堪忧,每个周末他都会去做按摩和针灸,设法调整身心。不过,这些治疗也是花费不菲的。尽管山本为了扩大希望之家的事业,鲁莽地去七拼八凑地融资,但遭遇到了重重失败。

夫妇俩的忧虑与日俱增。

尽管如此,希望之家在社会上的好评却是一浪高过一浪。

---

① 《朝日新闻》周六的副刊。

美惠是这样说起当时的真实心态：

"那时候，我心中只有一个念头：我得支持他，我得帮他。我竭尽全力去隐藏问题，去收拾他留下的烂摊子，去做他的后盾……然而，这其实是一种共同依赖的状态，我开始觉得自己也有病了。"

在厚生劳动省运营的 e 健康网上，关于酗酒问题中夫妻的共同依赖问题，举例如下：

1. 总是不断地提醒对方不要喝酒，反而让对方更加坚定地否认自己有酗酒问题。

2. 过分地关心酗酒者，使其不去正面应对酗酒问题。

3. 积极处理丈夫因酗酒而引发的一系列问题，假装这个世界上不存在酗酒问题。

4. 妻子认为丈夫酗酒是由于他的性格有问题，否认其存在酗酒问题。

5. 丈夫清醒的时候，两人关系紧张疏远；一旦喝醉，双方就会情绪激动。

6. 丈夫清醒的时候，妻子占据主导地位；喝醉的时候，丈夫则会通过暴力来夺取主导地位。

7. 妻子离不开丈夫，总是以牺牲者的身份，持续扮演悲剧的女主角。

这些例子有很多条似乎都能呼应美惠的情况。她越来越认识到，她必须找到一种方法，来打破这种共同依赖的关系。

"就在这个时候，经常关照我们的针灸医生和精神科诊所的医生几乎同时告诉我，如果山本继续维持目前的生活方式，他可能活不过两年。"

——山本的情况如此危急。两位医生是在说：请设法让山本戒酒吧。

"所以我劝了山本好几次。可他非常顽固，就是戒不掉酒瘾。"

有一天，美惠从一位与她交往过的知名宗教人士那里得到了如下指点：对于酗酒之人，周围的人怎么劝诫都是没用的，要想真正让他们摆脱酒精的控制，最终还是要让他自己意识到问题的严重性。而要做到这一点，就必须夺去他们最为依赖的东西。如果你能对此加以重视的话，也许就有办法让其把酒戒掉。

"要说当时什么是他最依赖的，那肯定就是我本人。"

与此同时，佳佳也对她说："希望你能用灵能的力量为拯救地球的活动贡献一份力量。"

具体是什么样的活动，美惠自己想象不出来，但她的心却被慢慢地吸引了过去。

"当时由于山本的缘故，希望之家的工作变得有些荒废了，也有传言称有人打算将这些事实透露给媒体以谋取金钱利益。"

山本因同时服用抗精神病药物和酒精导致健康垮掉了，甚至有人认为他坚持不过两年。但山本被进一步扩大希望之家事业的野心所俘虏，各方面都出现资金窟窿。

美惠一边守护着这样的丈夫，一边为希望之家的业务忙得团团转，她的心已经疲惫不堪。或许，佳佳那些关于灵能的话钻进了她心灵的空隙。

第三章中已经提到，2010 年 12 月 14 日，也就是 NHK《行家本色》节目播出的第二天，美惠在与员工们一起参加庆功宴后，直接从希望之家出走了。

那天，山本身体状况不佳，宴会中途提前离场回家。而佳佳也参加了这个宴会。深夜，宴会结束后，美惠和佳佳走夜路从浅草回到山谷。途中，两人的交谈内容还是围绕着希望之家的。

"希望之家的事迹被改编成电影，还上了《行家本色》节目，可以预期这将吸引更多的慈善捐款。然而，一旦真相曝光，所有的美好都将瞬间崩塌。最令人忧虑的是，这会伤害一直以来善意捐款的人们的感情。他们信任希望之家，才会向我们捐款，最终却感到被背叛……今后他们会再次上当受骗吗？或许他们看到有困难的人也不会伸出援手了。"

佳佳说出了这样的话。美惠也在考虑同样的问题。

"如果我离开希望之家的话，社会的关注可能会转向我出走这件丑闻，那样的话希望之家就会免受潜在危机的影响。而且，如果是一人独处的话，山本可能会重新审视自己的生活，戒掉对酒精的依赖。"

当时的美惠是如此地坚信这一点。

佳佳说："如果要出走，还是早走为妙。"

"也许吧。"

"今天怎么样？"

"今天不行。"

"今天做不到的事情，明天大概也做不到。而且会一直做不到。你必须今天行动。有我在，别担心。"

随着对话的继续，美惠的心便不知不觉硬了起来。

我怎么也想不通，真的必须这么做吗？一定要和一个男人双双出走吗？其他的解决办法应该还是会有的。

促使美惠出走的另一个原因是佳佳的这句话："我希望你能和我一起加入拯救地球的活动。"

事情发展至此，已经超出了我的理解范畴。然而，我不禁想起了美国精神科医生伊丽莎白·库伯勒-罗斯，她对人类的死亡进行了缜密的研究，著有《论死亡和濒临死亡》一书。这本书如今被认为是对临终关怀有兴趣的人的《圣经》。库伯勒-罗斯在晚年时目睹了幽灵，亲身经历了濒死体验，沉迷于通灵，相信了轮回转世，为此她还和丈夫离了婚。

美惠似乎与库伯勒-罗斯有着某种相似之处，这也许并没有什么深意。在临终关怀设施中做了大量的护理工作，日复一日地照料着生命即将走到尽头的人们，有这样经历的人无疑具有比常人更高的对灵能语言和感情的敏感度。这一点是可以理解的。但是……

我在这里要再次引用那个备忘录，说明美惠离家出走的当天到底发生了什么。

> 回到家，我看见山本正在卧室里睡觉。他蜷缩着身体睡得很香。如果他醒来后发现我不在了，该会多伤心啊……一种冲动向我袭来，我想要拥抱住山本的后背。那一刻我的心都要碎了。

虽然他是一个有问题的人，但我还是和他一起努力奋斗了10年。他一半是魔鬼一半是天使。我们的爱情没有凋零。然而，如果沉浸在这样的思绪中，那就什么也做不了了。我索性在脑海里反复数着数："5条内裤、5双袜子……"然后把要带的东西塞进手提包里。内衣、袜子、毛衣、裤子、护照、××××（曾经的男友）的照片和遗骨……

我提着行李下到了一楼。

我在山本的办公桌前摘下了结婚戒指，并在纸条上留言道："我再也不能对灵魂说谎了。抱歉给您添麻烦了。"

我手抖得很厉害，字也写得很难看。"我再也不能对灵魂说谎了"，山本和其他人读了这行字该会怎么想？我已经没有时间了。我管不了这么多了。我就算是浑身长嘴也不会被理解……我这样想着，一字不改地留下了那张纸条。

对我来说，"说谎"就是假装山本品行端正，继续经营希望之家。

我把戒指放在了纸条上，转身离开了办公室。

——她在泪桥的十字路口和佳佳会合，然后上了他的车。她身上带着约20万日元，不知前路在何方。时值腊月寒冬，于是便决定"一路向南"，约两周后她抵达了冲绳的某个小岛。

但日子很快就过不下去了，不到半年，美惠就放弃了岛上的生活，搬到现在居住的地方。在西东京地区的某家医疗机构，她找到了一份做护士的工作。那是一个离山谷只有约一小时电车车程的地方。

我又说了一遍我已经说过好几遍的话：
"难道就没有别的办法了吗？"
美惠答道："我的父母、哥哥都曾经问我同样的话，但当时发生了太多的事，我真的想不出还有什么别的办法。"
美惠和佳佳已经多年未见。他现在似乎只能依靠修路这类体力劳动来维持生计。

在此之前，我一直认为"单凭山本一人之力是不足以支撑希望之家的，有了妻子美惠的鼎力相助，希望之家才得以成立"。然而，在采访了美惠之后，我意识到，美惠也有她的脆弱之处，而希望之家正是由这两个脆弱的人在一个危险的平衡之上建立起来的。但是，我又认为，正是因为他们是脆弱的，希望之家才有可能诞生。

正因为他们是脆弱的，所以他们才能够举起希望和理想的旗帜，去克服自己的脆弱，当别人指责他们鲁莽时，他们依然勇往直前。也正因为他们是脆弱的，他们才能够贴近跟自己一样的弱者，无私地为弱者提供照护。这一切，都成了他们自己的大欢喜。

虽然希望之家是由两个脆弱的人创立的，但这并不意味着它本身是脆弱的。现在的希望之家已经将山本和美惠的理想变成了现实，成为支撑山谷照护体系的重要力量。

终章
山谷，我的家

在采访中，美惠女士向我讲述了她对希望之家时代的难忘回忆。

"记得2002年，我们着手创建希望之家时，其他法人实体都还处于探索阶段。但我们逐渐开始携手合作，共同支撑起了山谷的福利事业。"

美惠肯定地说，当时起到重要作用的一个就是上门护理站波斯菊。

美惠说："山谷地区除了波斯菊，其他法人实体也有护士。护士们聚集在了这样的街区，他们中的许多人都是比较灵活的，但波斯菊的护士尤其出类拔萃。"

"令人难以忘怀的是一位名叫阿部的护士。看到她全心全意为服务对象付出的样子，我们也深感敬佩，因此全力支持了她的工作。"

阿部直美出生于东京都品川区。从短期大学毕业后，她在一家金融机构工作，30岁时她有自己的考虑，转行做了护士。三年的新手历练后，她进入上门护理站波斯菊工作。

当时阿部负责的服务对象堀内（化名）是一名62岁的男性。在接受直肠癌手术和人工肛门的造设后，他在希望之家过起了疗养生活。

堀内一直认为，像波斯菊、希望之家这样的聚集在山谷的福利机构，不过是在"利用我们赚钱牟利"。

他发烧时，即使阿部急忙赶来，他也会骂骂咧咧地说"你不就是为了钱吗"。对于这样的堀内，阿部可谓是全心全意。临终关怀的时刻越来越近了，阿部异常担心堀内的状况。她对堀内的关怀已经超出了工作的范畴。

一天，美惠下户回来的时候，撞见阿部在大门口处转来转去，一副焦虑不安的样子。

"看护堀内的日子所剩无几了。但是，如果将所有的精力都集中在堀内身上，恐怕会给波斯菊的其他护士增加麻烦。"

阿部说出了自己的苦恼。

美惠立即联系波斯菊的代表山下真实子，提议道："我们会全力支持，让我们配合到底怎么样？"

山下立刻答应了。

美惠他们马上在希望之家的屋顶礼拜堂铺上了被子，以便阿部随时小睡一觉。他们还决定特别为阿部增加一份一日三餐。

在堀内生命的最后一刻，是阿部紧紧握着他的手，陪伴他静静地走过生命的终点。

他们的付出是纯粹志愿的。即使阿部超出了医疗保险能提供的服务范围，彻夜守护在堀内身边，希望之家和波斯菊也不会从中获得一分钱的受益。

"但是，我们所有人都深感欣慰。"

美惠满脸笑容地对我说：

"我在希望之家的时候经常对山本说，照顾入住者，方式不能一成不变，而是要根据每个人的不同情况，像捏橡皮泥一样为他们量身定制。希望之家的工作方式，就是橡皮泥工作方式。"

现在，从在西东京地区的医疗机构做护士的美惠口中听到"橡皮泥工作方式"这个词，我打心眼里觉得能见到这个人真好。因为，这个词语让我觉得，山本和美惠的既往人生是交织在一起的。

美惠接着这样说道：

"现在的医疗保险机制硬生生地束缚了我们的手脚，让我们根本说不出这样的词来。我们的初衷，不过是想在体察患者性格的基础上做好服务，结果传到家属的耳朵里就变了样，成了大问题。不过，我在希望之家的那段日子，也有和入住者吵架的时候。对方很享受这种吵架。也有很多人告诉我，自己很享受被我训斥的感觉。橡皮泥工作方式呢，是在我和山本说话时，不知谁在一旁插话说出来的词儿。"

这种方式适用于整个山谷福利。对于现有体系无法挽救的各种背景的人，就通过不断改变工作形式来应对。即使某项服务稍微超出医疗保险和护理保险的服务范围，也会安排人力尽量满足，正是因为有一群愿意这样做的人聚集在一起，山谷的体系才得以成立。

当我开始意识到山谷版地区综合照护体系的存在时，我以为这或许就是日本福利未来的救星。但随着采访的逐步深入，我逐渐明白现实远比想象的要复杂得多。

聚集在这个街区的医生、护士、护工等医疗照护工作者，他们大多展现出了与众不同的精神特质。他们将盈利和效率抛诸脑后，心甘情愿地投入到对面前每一个需要帮助的人的服务中。我们从中可以看到来自宗教和工会活动等的志愿者精神的基础。希望之家、山友会、友爱会的创始成员均是基督徒，而故乡会的召集人则是那些为捍卫在山谷打零工的劳动者的权益而奋斗的工会会员。

曾挑战过第二希望之家计划，后来又撤退的江原启之先生的这句话，给我留下了深刻的印象：

"我非常尊敬特蕾莎修女，这种尊敬可以说已经到了一种近乎病态的程度。她在印度加尔各答创建了'临终者之家'，并持之以恒地开展活动。她留下了这样一句话：'去寻找你心中的加尔各答吧。'这句话蕴含了她的思想——无论身在何处，我们都能帮助他人。许多人正是为了寻找自己心中的加尔各答而踏入了山谷地区。山本便是这些人之中的一个。我也有着同样的心情，尽管最终未能如愿，但我还是大胆地启动了第二希望之家计划。"

当我们为他人着想而施予时，我们会收到感谢，这份感激之情会转化为一种喜悦。我敢直言，山谷的体系是建立在奉献精神和善意这类不确定因素之上的。也可以认为，这是一个只有像山谷这样具有特定内质的街区才能成功运作的体系。而在未来，随着老龄化问题的进一步加剧，日本必须解决的课题，或许就隐藏在这些不确定因素之中。

当我与山本先生探讨这个话题时，他回答：

"我想是的，我就是这么想的。

"如果说社会的最小单位是家庭的话，那么家庭就是资本主义逻辑无法踏足的圣地。父母传授孩子生活的智慧是不会收钱的吧。所以家庭基本上是不跟资本主义合谋的。其次是村落共同体。村落共同体也是一样，是资本主义精神的绝缘体，是可以以互相帮助的精神维系下去的，即所谓的互助和共助。比村落共同体更大的是城市或者地区共同体。这里就已经是资本主义的世界了。所以说如果考虑问题的出发点不以资本主义为基础，那么地区综合照护很可能会走向破产。但是，我认为山谷的地区综合照护，是超越了资本主义的范畴的。"

"那个超越资本主义的部分是什么呢？"

山本毫不犹豫地说："大概是爱吧。"

爱是一种最随意、最具不确定性的情感。有过妻子离家出走经历的山本，是不可能没有感受到这一现实的。

他果然是个不可思议的人。正因为山本有着这样的思考，所以希望之家才能在他的手中诞生。

围绕父母的遗产而发生争执之后，山本与姐姐石仓伦子一直处于断绝关系的状态。但最近，山本与姐姐恢复了联系。

伦子女士对如今的山本作了如下评价：

"弟弟失去了一切，连自己的妻子美惠也失去了，是山谷的人们救了他。失去一切本身就是对弟弟的保护。如果像他那样继续冒进的话，那么事情会变得更糟。"

　　漂泊到山谷，工作在山谷，品人生最底层滋味于山谷。这就是山本先生的形象。山本和在山谷靠打零工度日的那些男人没什么两样。正因为如此，今后仍将活在山谷的山本大概是不会被人抛弃的吧。

　　人们用无家可归者一词来形容生活在街头的人，但山谷没有人无家可归。即使生活在街头，他们也是与包括友爱会、山友会、故乡会、波斯菊、希望之家在内的地区照护体系紧密相连的。可以说整个山谷就是他们的家。所以他们没有无家可归。山本先生也没有无家可归。

　　山谷，这里就是山本先生的家。

尾　声

　　从我第一次踏入山谷到现在，已经过去了10多年。位于山谷中心区域的城北劳动福利中心前，每年都会举行新年做饭送餐活动，我至今仍一如既往地参与。2020年4月，就在福利中心的正前方，隔着一条并不宽敞的马路，一项公寓建设工程拉开序幕。这是一座地上十四层、规模宏大的建筑。它于2002年4月竣工。不久就会有新的居民搬进来吧。

　　做饭时，我们将圆桶切割成圆片，制成多个灶台排列在道路两旁。火焰跳动则烟雾升腾，人群聚集必有喧嚣。对此，新建公寓的居民们会作何感想呢？若是他们向自治体或警方投诉，当局恐怕也不得不作出应对。做饭送餐等活动无疑将变得更为艰难。

　　在日本旅游业因入境旅游需求而蓬勃发展的时期，海外的背包客们为了寻找便宜的住宿场所，纷纷涌向山谷。在新冠病毒蔓延之前，从团体游客到个人游客，来自世界不同国家的游客纷至沓来，引人注目。正是考虑到这一趋势，山谷出现了将棚户出租屋改建为现代化酒店的动向。

包括这些情况在内，仅在过去的十年里，我所熟知的山谷风景就发生了很大的变化。伊吕波会商店街的拱廊已于2017年被拆除。那里曾是很多流浪汉的家园。但是，在遮风挡雨的拱廊消失之后，那里的流浪汉数量急剧减少。如今，只能在夜幕降临时，在城北劳动福利中心门前和商店街的一些路段，看到零星的流浪汉搭起了帐篷。

和这里的街区一样，山本雅基的生活也发生了巨大变化。

我一直以为，采访是一种观察，采访行为本身不能影响对方的人生。但我作为采访者常有逾矩之举。

记得在山本开始领取生活保护金时，我陪伴他办理了相关手续。把借给别人的手机注销、搬家时变更地址等等，我都陪伴在他身边帮他办理。因为药物的副作用，山本的手颤抖不止，在他大便不能自理的时候，我甚至还照顾他如厕。

我认为，采访者本不应介入这些私事。然而，当我目睹他的日常生活，想象他的内心世界，我就情不自禁地承担了这些。

在距离山本现在居住的公寓仅需步行几分钟的地方，有一家名叫卡里奥卡的本地老字号咖啡店。我每次去拜访山本，总会留意他的健康状况，并邀请他一同前往这家咖啡店，在那里询问他的一些近况。我喜欢热摩卡，山本则喜欢在冰咖啡里加入大量的糖浆。

这天我们又来到卡里奥卡。

"或许，我作为一个采访者并不称职。"

"为什么这么说？"

"因为我的行为更像是援助，而非采访。"

山本先生沉默了一会儿，然后说道：

"不过我得救了，这岂不是一件好事？"

"这正是问题所在。"

我知道，自己并不应该和山本谈这些，但那天，我却不由自主地说出了那样的话。

"啊呀，能成为朋友不是很好吗？如果你能以朋友的视角来写山本雅基的故事，那该多好。"

他突然提到"朋友"这个词，这让我有些困惑。不过，朋友，那倒也是啊，我很快就奇妙地理解了他说这个词的含义。

"山谷里的人都爱管闲事吧，他们在认为必要的时候，甚至会做出制度上不允许的事情。但这就是山谷的独特之处。"

我明白了，也许我也在不觉之间，被山谷那种支持福利事业的志愿精神所感化了吧。

我是以看护父母为契机开始拜访山本的。山本倾力打造了一所临终关怀设施，而我那时不过是想聆听他关于死亡的见解，未尝不是带着一丝利用之心。我自认为我最初的动机不纯洁。

如今我意识到，尽管初衷并未实现，但我从山本先生那里获得的东西远超我最初的设想。

记得又有一天，山本对我说了这样的话：

"Homeless（无家可归者）这个词已经过时了，需要换个说法。"

"是吗？那么，换一种什么样的说法呢？"

"Familyless（无家庭可归者）。"

"这是什么意思？"

"Familyless，也就是指那些没有家人可依靠的人。"

"哦，是没有家庭的人啊。"

"慈善福利事业的最终目标，应该是让援助者和被援助者成为一个大家庭。然而，这样的理想实在难以实现。在我创建希望之家时，曾说想让入住者们在这里找到家人。今后，比起'无家可归者'，'无家庭可归者'的问题将会受到更多的关注。"

山本说，家人并非仅指有血缘关系的人，任何建立了相互信任关系的人都可以被称为家人。

"设想一下，10年、20年后，当你也到了80岁，需要护理和医疗的时候，当你一个人生活不下去的时候，末并先生你有没有一个可以绝对依赖的人或地方？"

我吓了一跳。尽管我已有家室，但谈到绝对的依赖，我并不能完全肯定。像我这样不能立刻回答这个问题的人，也许就是"Familyless"的预备军。无论现在多么有钱，无论现在有多少亲人的关怀，天知道将来会怎样。

正如山本所说，慈善福利事业的最终目标，应该是让援助者和被援助者成为一个大家庭。也就是说，将原本素不相识的人用家人般的纽带紧密地连接在一起。

现在支撑山本生活的生活保护制度是"公助"。医疗和护理保险的服务属于"共助"。而像山友会、波斯菊的外联活动、医疗咨询等志愿活动则在"互助"之列。山本所说的家人般的关系与这种互助相近,但似乎还不止于此。硬要说的话,它是一颗对这类志愿活动感到喜悦的心吧。但这不能是也不应该是对所有的护理人员的要求。人类社会可能就是处在天生的"无家庭可归"的状态。如果能够解决这个问题,慈善福利事业的许多课题也应该会同时得到解决。

这就是我听山本所言之后所获得的启发。

那些怀揣着崇高理想的照护工作者,在山谷建立起了福利体系,这种体系或许无法直接复制到其他地方。但是,山谷福利体系是由外来者汇聚在一起支撑起来的,这一特性似乎包含着解决"无家庭可归者"问题的启示。

"组建一个家庭太难了。"

山本凝视着天空深情地说。

我似乎感觉到了藏在山本这句话背后的美惠的身影,但我没有把它说出来,只是回答了一句"我深有同感",便结束了我们之间的对话。

主要参考文献

『東京のドヤ街　山谷でホスピス始めました。　「きぼうのいえ」の無謀な試み』山本雅基（実業之日本社、2006年）

『東京のドヤ街　山谷でホスピスやってます。』山本雅基（じっぴコンパクト新書、2010年）

『貧者のホスピスに愛の灯がともるとき　山谷のひとびととともに』山本雅基（春秋社、2019年）

『大いなる看取り　山谷のホスピスで生きる人びと』中村智志（新潮社、2008年）

『訪問看護ステーション　コスモス　5年誌　ひとりじゃない』（NPO法人　訪問看護ステーション　コスモス、2005年）

『ともに築く…　コスモス15年の歩み』（NPO法人　訪問看護ステーション　コスモス、2015年）

『人は必ず老いる。その時誰がケアするのか』本田徹（角川学芸出版、2014年）

『山谷―都市反乱の原点』竹中労（全国自治研修協会、1969年）

『山谷ドヤ街　一万人の東京無宿』神崎清（時事通信社、1974年）

『ずばり東京』開高健（文春文庫、1982年）

『山谷　やられたらやりかえせ』（「山谷」制作上映委員会編、1986年）

『現代棄民考　「山谷」はいかにして形成されたか』今川勲（田畑書店、1987年）

『山谷ブルース』エドワード・ファウラー著、川島めぐみ訳（新潮OH!文庫、2002年）

『山谷地域──宿泊者とその生活──』東京都福祉保健局（東京都、2019年）

『ヤクザと過激派が棲む街』牧村康正（講談社、2020年）

「山谷・寿町と釜ヶ崎──コロナ下で考える」『建築ジャーナル』（2020年9月号）

『統合失調症　その新たなる真実』岡田尊司（PHP新書、2010年）

『統合失調症』村井俊哉（岩波新書、2019年）

『統合失調症の過去・現在・未来　中井久夫講演録』中井久夫/髙宜良/胡桃澤伸/考える患者たち著、森越まや編（ラグーナ出版、2020年）

『生活保障　排除しない社会へ』宮本太郎（岩波新書、2009年）

『「地域包括ケア」とは何か　住み慣れた地域で暮らし続けるために必要なこととは』金子努（幻冬舎ルネッサンス新書、2018年）

『「自分らしく生きて死ぬ」ことがなぜ、難しいのか行き詰まる「地域包括ケアシステム」の未来』野村晋（光文社新書、2020年）

『こんな夜更けにバナナかよ　筋ジス・鹿野靖明とボランティアたち』渡辺一史（文春文庫、2013年）

『死ぬ瞬間　死とその過程について』E・キューブラー・ロス（中公文庫、2001年）

『コロナ禍の東京を駆ける　緊急事態宣言下の困窮者支援日記』稲葉剛/小林美穂子/和田靜香編（岩波書店、2020年）

作者的取材笔记

在各种背景的人聚集的山谷地区,很多人不喜欢被拍照。当你举起相机,对准围坐在一起吃慰问盒饭的人时,往往会遭遇责骂。为了不忘记令我印象深刻的人,我在取材笔记上画下了插图。

NOTE BOOK

山谷メモ

2021.05.04

No 6

山本先生的基本风格
山本的白发比希望之家时期更多，胡须也更浓密。一个人时，他总是拿起 mp3，沉浸在自己最爱的古典音乐中。

MY HOME SANYA

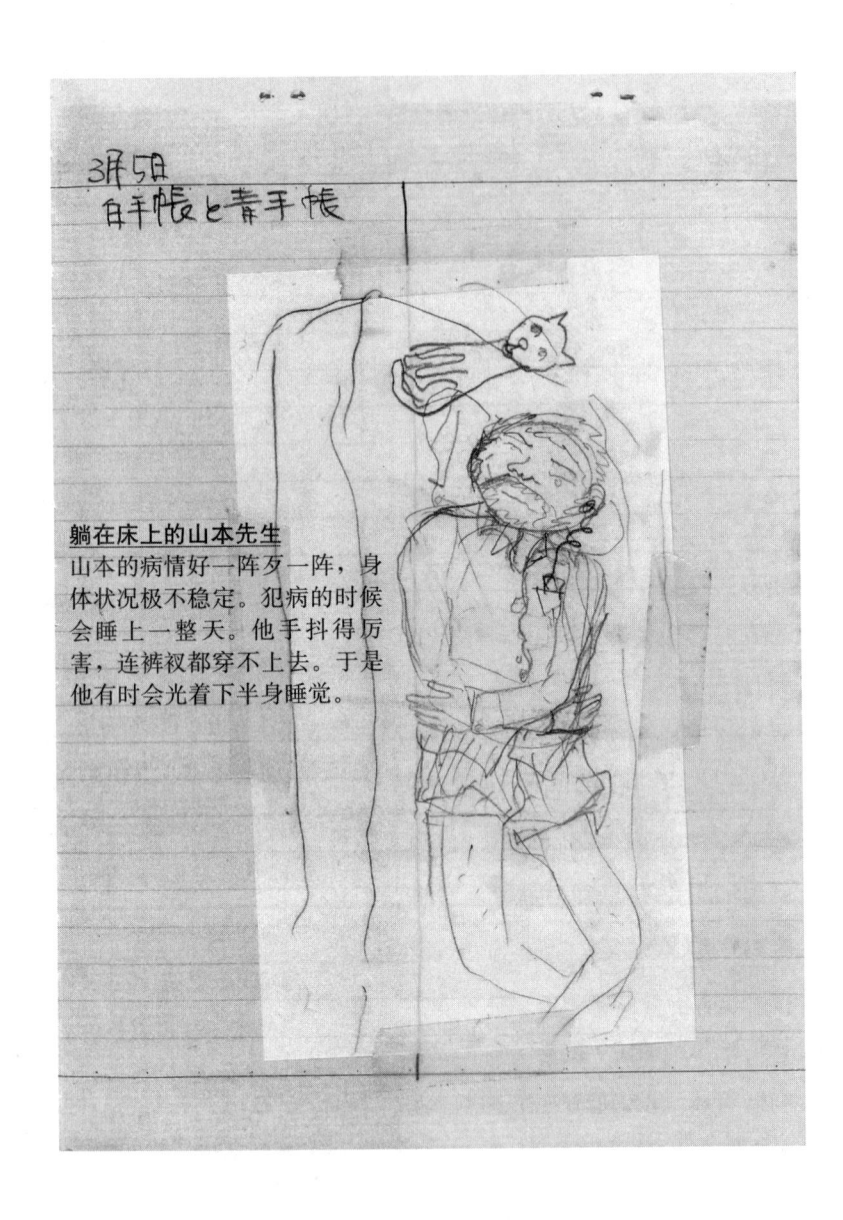

躺在床上的山本先生
山本的病情好一阵歹一阵，身体状况极不稳定。犯病的时候会睡上一整天。他手抖得厉害，连裤衩都穿不上去。于是他有时会光着下半身睡觉。

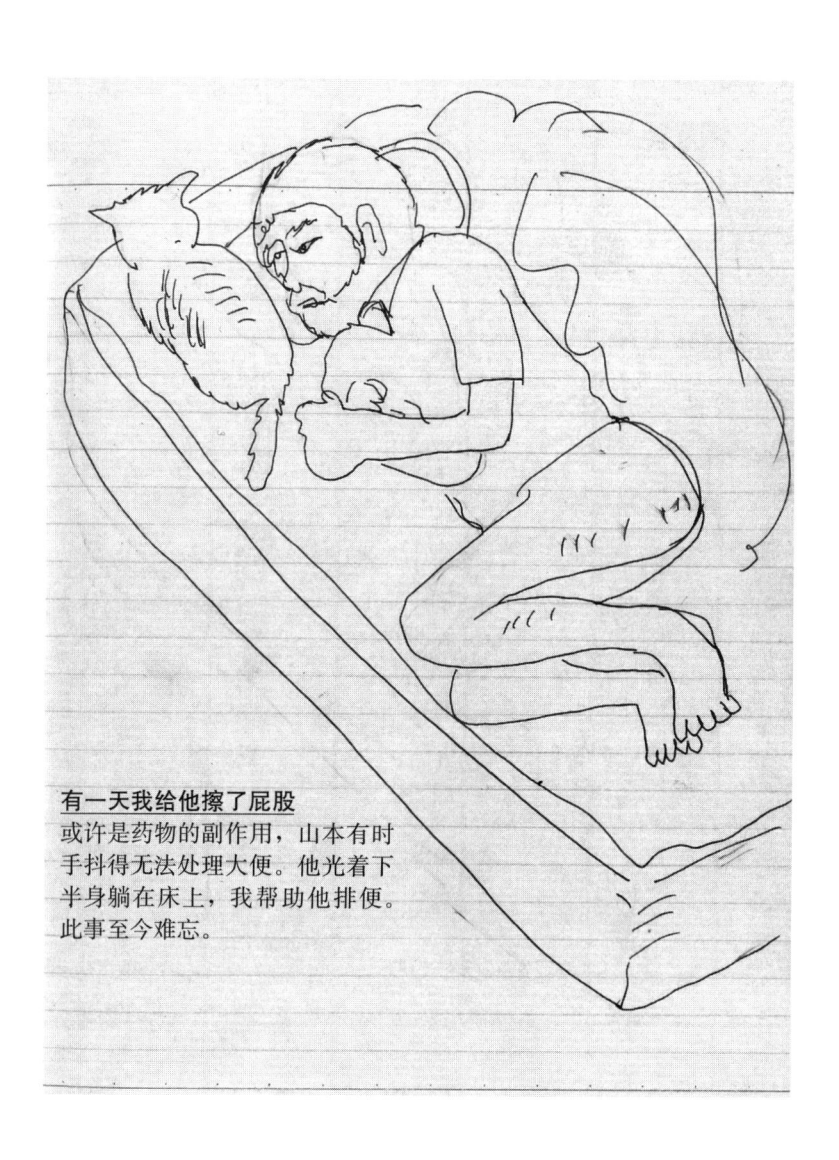

有一天我给他擦了屁股
或许是药物的副作用，山本有时手抖得无法处理大便。他光着下半身躺在床上，我帮助他排便。此事至今难忘。

诊疗中的本田医生
在山友诊所给人看病的本田彻医生出生于1947年。他不穿白大褂，看病时衣着随便。

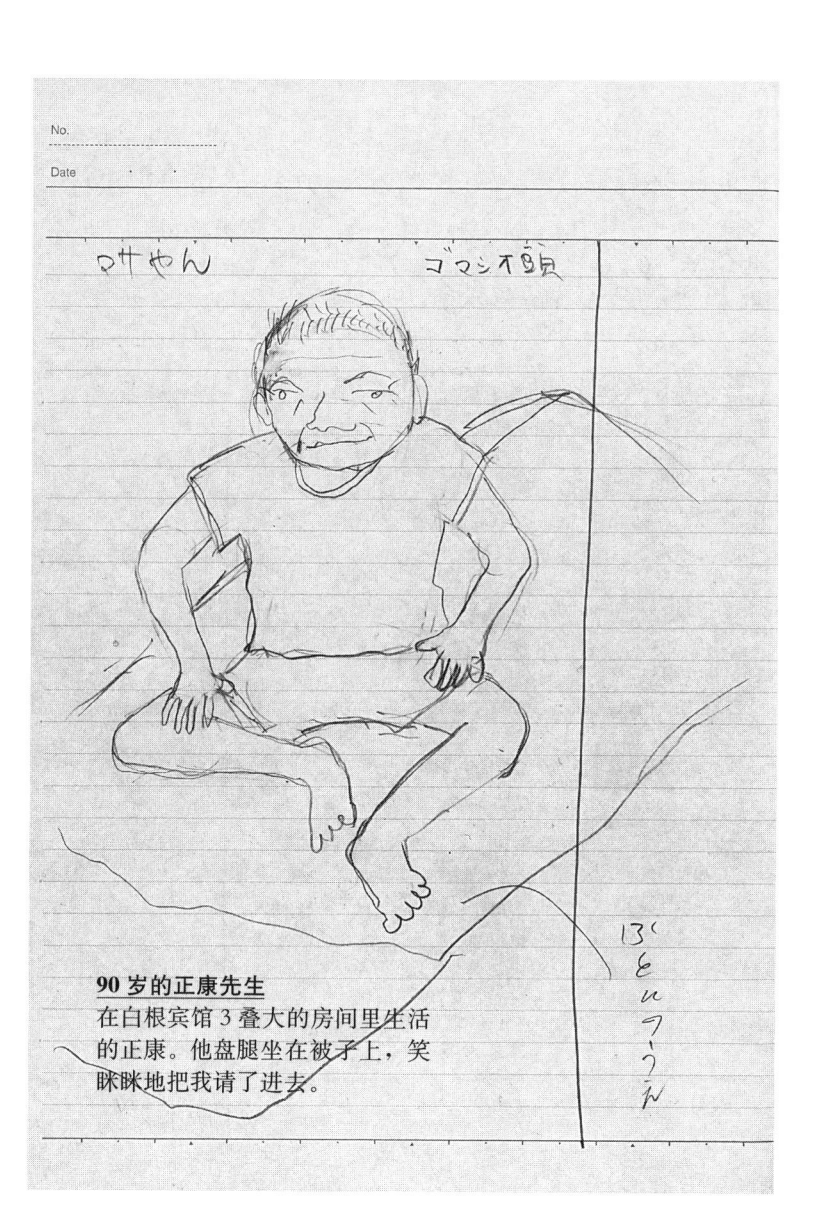

90 岁的正康先生
在白根宾馆 3 叠大的房间里生活的正康。他盘腿坐在被子上，笑眯眯地把我请了进去。

Date 1月5日

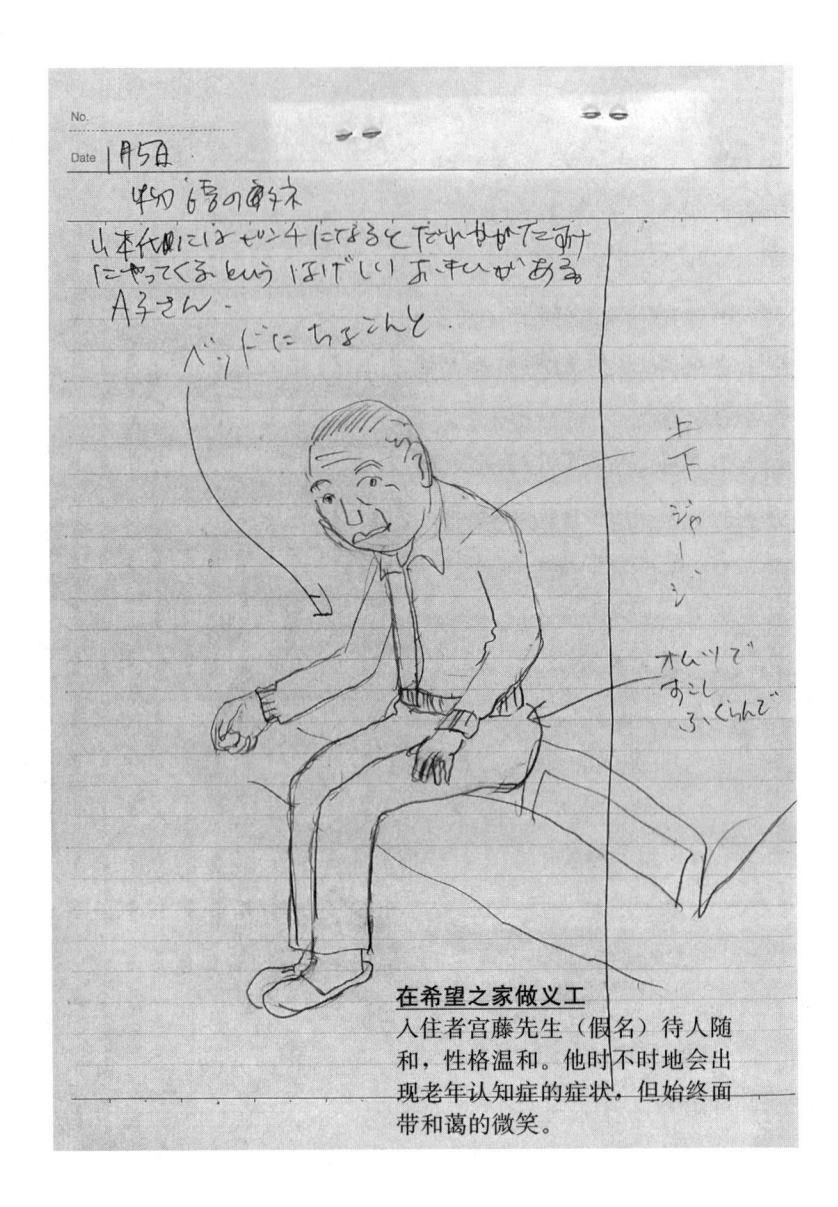

物語の申ネ

山本代理にはセン4になるとTこわがたみたいにやってくるというはげしいふるえがあるA子さん。

ベッドにちょこんと

上下ジャージ

オムツですこしふくらんで

在希望之家做义工
入住者宫藤先生（假名）待人随和，性格温和。他时不时地会出现老年认知症的症状，但始终面带和蔼的微笑。

一个流浪汉
在山谷遇到的流浪汉。虽然他在路边占据了一处放置生活用品的地方,但为了防止不测,还是要将最低限度的必需品装进包或袋子随身携带。

与上野千鹤子同行，探访棚户街山谷的"理想照护"
——走在单身时代前沿的地区

日本现有的 65 岁以上的独居老年人人口已高达约 700 万，随着老龄化问题日益严重，这一数字还在持续增长。在这样的背景下，究竟谁来承担这些老年人的护理，已经成为一个亟待解决的课题。社会学家上野千鹤子女士长期亲临现场，深耕独居老人的护理和看护领域，著有《一个人的老后》一书。此次，她首次踏入山谷，这个探索实践理想照护的地方。护理行业记者末并俊司跟随她的脚步同行采访，做了如下的报道，他的作品《山谷，我的家》荣获小学馆非虚构文学大奖。

"我可以打扰一下吗？"

跟在上门护士身后进入房间的是社会学家、东京大学名誉教授上野千鹤子。

"房间有些小……请进吧。"

患有晚期肺癌的久田先生（化名，84 岁）撑起瘦弱的身体回应道。在 3 叠大的房间里，久田先生盘腿坐在护理床上，护士站在床边，这就没有多少空间了。

这里是东京山谷地区的棚户街的一个房间。负责的护士开始检查久田的血压和脉搏等生命体征情况。

护士把听诊器放在久田的腹部，检查久田的身体状况。

"看来你已经排便了，今天看起来状况不错。"

在护士和久田交流的间隙，上野寒暄道："你睡得好吗？""护工人挺好的吧？"通过关心对方来缩短彼此的心理距离，是长年在福利设施和护理现场工作的上野女士的风格。一问一答间，久田的表情逐渐明朗起来。

于是就有了久田和上野女士之间这样的对话。

"我认识这位护士已经十多年了，她可是一直在照顾着我。"

上野女士应道："那就没什么可以担心的了。"久田的脸上露出了满意的微笑：

"是的，我很放心。因为有这样的人在，这里（山谷）很让人放心。"

*

从 JR 南千住站下车，向东南方向望去，远处的东京天空树的身影便会映入眼帘。

朝那里步行 5 分钟左右，穿过荒川区、明治大街进入台东区，就会来到人们常说的"棚户街"。山谷是与大阪府的西成、神奈川县的寿町并列的三大棚户街之一。

"棚户屋"是将有旅馆之意的"宿"字颠倒来念的造词，带有"不能称其为旅馆的旅馆"这样的语感。从二战后的复兴时期到经济高速增长的年代，昔日的棚户街一直

走在连接东京台东区和荒川区的山谷地带，人们的视线不由自主地被南侧那座巍峨的天空树所吸引。（本文照片均由大冢恭义拍摄）

承担着输送劳工的作用，在支撑日本经济发展方面功不可没，它以每晚 2000~3000 日元就能入住的超低价格，将无依无靠的打日工的人聚集在了一起。

它的全盛时期要数 1964 年，那时整个日本都沉浸在繁荣的奥运会景气中。在仅 2 平方公里的地方 222 家简陋旅馆密集扎堆，约有 1.5 万人入住，然而，随着泡沫经济的破灭，日结零工的工作机会急剧减少。现在的棚户街，简陋旅馆的数量减少到了大约 100 家左右，而居住者的平均年龄则上升到了 67.2 岁（2018 年的数据）。昔日的劳工都已上了年纪，没有护理和医疗方面的帮助就无法生活的老年人增加了。

为了支援这些生活困难的人，山谷里汇聚了无数医疗和护理事业者、志愿者团体。他们携手合作，构建出了一个独特的照护体系。作为一名作家，我在这里停留了大约十年，深入到福利工作的最前线，将山谷的照护体系化作文字，整理成拙作《山谷，我的家》。

那么，这个地区的福利工作在上野千鹤子女士眼中又是怎样的呢？

以"孤独一人"为关键词，上野女士重新思考了养老和看护的方式。那一天，她第一次踏入山谷地区，走访了上门护理和民间临终关怀机构等现场。当我询问上野女士对拙作的感想时，她提出了一个"反向提议"，希望能够先深入了解实地现场的情况。

上野女士在2000年护理保险制度实施之前，就已经

漫步在山谷护理现场的上野女士在向上门护士和向导末并先生提问。

在护理现场不断进行深入的田野调查，成为这一领域的第一人。经历过亲自照护父母，如今74岁高龄的她茕茕孑立独自生活。她在她的畅销书《一个人的老后》中这样写道：

> 就生活在超老龄化社会的人而言，"全民单身时代"即将到来。与其害怕孤独一人生活的晚年，不如勇敢地去面对一个基本上是独自一人生活的状态。

山谷里住着很多与家人断绝关系的"单身者"，他们过去曾经是体力劳动者和流浪汉。像开头提到的久田先生一样，身患晚期癌症和认知症的人也很多。这个山谷，无疑是率先步入"单身时代"的一个缩影。

虽然国家宣扬地区内相互支持的重要性，但其机制的建立并不顺利，这是现状。尽管如此，在山谷之地，独特的照护体系让人们互相贴近，提供着有计划的照护，从而让这些孤独者能够"安心"地度过他们的晚年。上野女士眼中的这条街究竟是怎样的呢？我记录下了她在街上行走考察的情形。

*

开头提到的照顾久田先生的护士，来自上门护理站波斯菊。该护理站成立于护理保险制度启动的2000年，目前已拥有一支以护士为主的60人的专业团队。

上门护理的概念现在已经广为人知，但在2000年时，人们对护理保险制度的认知度还很低。"接受上门护理的人也在想：'上门护理能做些什么呢？'"上野女士解释道。

"当时还没有关于护士上门提供护理的新闻报道。波斯菊是一个真正的先锋，它是从开发客户开始起步的。

"我刚开始进行田野调查的时候，提出过这样的问题：'能否做到让客户在住惯了的家里一个人走完人生旅程？'在护理一线得到的回答往往是'没有家人的话，这太难了'。如今再问上门的护士和护工这个问题，他们的回答变成了'独自在家迎来死亡是可能的'。"

许多人渴望在住习惯的地方走到生命的尽头。近年来，提供上门服务的医疗和护理人员满足了这种日益增长的需求。波斯菊的工作人员一直在为附近的民间临终关怀机构，以及靠生活保护金生活的住在棚户屋或公寓里的客户提供服务。

从波斯菊出发，只需步行 5 分钟，便可抵达一家民间临终关怀机构——"希望之家"。该机构成立于 2002 年，有一栋 4 层楼房，共 21 个房间。他们张开怀抱，广泛接纳从生活困顿到需要临终关怀的人，至今为止已经看护了 200 多名住客。

我和上野女士一起来到了位于 3 楼的正代先生（化名，94 岁）的房间。据说他年轻的时候曾在浅草做过艺人。房间的墙壁仿佛成了记忆的画布，上面贴满了五木宏[①]的海报

[①] 五木宏（1948～　），日本著名歌手，1970 年代走红，是日本歌坛的常青树。

2000 年成立的民间临终关怀设施希望之家。平时,超过 20 人在这里生活并接受照护。

和正代先生艺人时代的照片,从中可见他很享受生活。正代在希望之家工作人员的关怀和支持下,一边接受波斯菊的护士和护工的上门服务一边生活。据说他现在会偶尔在设施内露一手,展示他多年练就的三味线演奏技艺。

在希望之家的屋顶上,有一个被工作人员称为"礼拜堂"的小房间。其入口正中央装饰着十字架,两侧挂着画有耶稣基督形象的挂毯。

上野女士在礼拜堂中跪下,她面对一排排陈列着的照片,不禁深深感叹道:"他们在这里照顾了这么多人啊。"

"有趣的是,这里有十字架,也有木鱼和线香。这意味着这里对任何宗教都是一视同仁的。"

希望之家的礼拜堂里供奉着生前在这家设施接受看护的人的遗像和骨灰。

在希望之家的住户中，有许多人因为各种原因与家人断绝了关系。送葬仪式后，无人认领的骨灰将被安放在山谷的寺庙光照院的共用墓地里。被众多的入住者看护，离开这个世界后也有人照顾，这一事实与他们的安心感是息息相关的吧。

*

如前所述，山谷地区至今仍有100余家被叫作"棚户屋"的简易旅馆。要说起山谷的照护系统，那就不能不提棚户屋的存在。

离希望之家不远的"白根宾馆"也是一家简易旅馆。据悉，它的35个房间几乎常年客满，其中约8成住客是"需要护理"的人士。

住宿费为一晚 2300 日元的简易旅馆白根宾馆。这栋建筑前时常并排停放着入住者的自行车。

白根宾馆内 3 叠大的房间。这个单人间里除了被褥，只有电视、桌子和置物架。

MY HOME SANYA

按照护理保险制度，被认定为需要护理的人，就能享受看护和上门护理服务。使用服务者原则上负担一成的费用。以护理3级为例，即便全面利用护理服务项目，每月的自付费用仅为大约2.7万日元。

另一方面，也有人需要一些这种公共制度难以涵盖的细腻的需求。白根宾馆的老板丰田弘子以好心帮助这些人，为这些需要特别关照的人撑起了一片晴空。

丰田女士说："在我们的住客中，有因认知症而忘记服药的人，我会亲自提醒这些人按时服用。还有人在领取生活保护金后，当天便将钱花光了。针对这些人，我们会在取得他们同意的情况下，暂时将他们的钱寄存在宾馆，按需为他们提供支出。"

对此，上野女士也感到很惊讶："他们甚至能关心到客人的服药问题和金钱管理啊。"这种细致入微的关怀，如果不是像家人一样长时间在同一环境共同生活的工作人员，是不可能做到的。白根宾馆毕竟干的是旅馆业，即便他们提供了服药提醒、金钱管理等服务，也不会收取一晚2300日元住宿费以外的任何费用。这里，许多住客在生活中面临诸多问题，如贫困、健康困扰、年迈等。有时，地方政府甚至会委托白根宾馆接纳生活贫困者。

在我看来，历史上，山谷深处汇集了大量生活艰难的人们，他们周围聚集了倾力支持他们的NPO法人、慈善团体以及善良的支援者们，共同构筑起了一个充满特色的护理体系。我们在山谷中漫步了半日，之后我便向上野女士请教，想听听她对这里福利状况的评价。

白根宾馆的前台，上野女士在倾听老板丰田女士（左）的讲解。

*

上野：今天我第一次踏足山谷，之前曾在横滨寿町进行过实地调研。我特地拜访过始终坚守上门医疗服务理念的"博拉诊所"的山中修医生。寿町与山谷有着相似的情况，大约90%的患者都依靠生活保护金度日，他们中很多人与家人断绝了关系，居住在仅有一张床和一些简单行李的房间里。

然而，当我建议他们搬到特殊疗养院等老年设施时，大多数人都会拒绝。他们表示："我们喜欢这个长久居住的地方。"听到这样的回答，我不禁感慨，人生在世，终有一死，不需要太多物质上的东西，人是可以如此这般地生活，然后走完人生旅程的。

末井：山谷也有很多人说"住在这里很好"。

上野：我一直在研究"孤独一人"的"在家独自死去"的现象，寿町的山中医生曾说过："上野女士，这里有着在家独自离世的终极案例。"

末井：我认为，即使在山谷，从棚户街的历史背景来看，理想的照护体系是自然产生并发展的……

上野：我想强调的是，这一切并非自然发生，而是"众多参与者共同努力创造的"。改变地区的，是人。在山谷，有山友会的医生，他们支撑起了免费诊所，还有波斯菊的护士们上门服务。今天我们看到的白根宾馆的丰田女士，连服药、理财的服务都做了，真的很厉害。即使达不到这种程度，在我走访过的寿町，那里的简易住宿所的管理员也将服务渗透到了住客的个人生活中。此外，NPO等志愿者团体也提供了细致入微的支持，他们是被称为"协"的那部分人，"官"指的是在行政层面进行生活保护的社会工作者，"民"则是指从事住宿业和护理业的人们。山谷和寿町的"官、民、协"合作，是做得非常棒的。

末井：山谷也有希望之家和波斯菊等5个NPO组织，我在《山谷，我的家》中也写过，它们是有机地联系在一起的。这种联系在其他地区是看不到的。

上野：一个地区拥有如此众多的参与者，以及如此密集的福利资源，实属罕见。正是"官、民、协"的三方合作，让曾经被称为"流浪汉之街"的地方，转变为今天的"福利之街"。来自其他地区的无依无靠、无处可去的人们，被引领到了山谷和寿町。这几乎就是"黑洞效应"。

末井：我在采访中，也遇到过一个从长野来到山谷的男人。他说，在长野的政府办公室，他被告知"在上野站下车，步行距离内有一个叫山谷的地方"。

上野：政府在明里暗里地引导："去那里就会有办法的。"我觉得似乎有一种悖论，认为最底层的街道已经成为"官、民、协"合作的模范地区。

末井：在目睹了山谷实际的照护一线的情形后，我不禁想，我也是一名自由职业者，如果有一天我出了什么事，去山谷寻求帮助，就不会有问题。

上野："来到这里就有办法了"，这是一种安心的保证。我在精神障碍者的庇护所"贝特鲁之家"也曾被告知："小鹤，如果有困难的话就过来，最终这里是你的依靠。"这让我感觉到了前所未有的安心。末井先生通过自己的笔触，向我们展现了充满个性的这样一群人——他们在山谷努力奋斗，只为了获得那份"最终这里是你的依靠"的安心感。我觉得写得很棒。

末井：像白根宾馆的服药提醒、金钱管理之类的关怀，长期以来在日本是由家人承担的范畴。我在写作《山谷，我的家》时，采访了希望之家的创始人山本雅基先生，在一年365天、一天24小时不停歇的业务工作的重压下，他自己患上了精神分裂症，现在成为了护理的"接受者"。

上野：我想对在福利事业战线奋斗的人们说，请不要把自己的照护工作形容为"像家人一样"。因为你们在做着"家人做不到的事"。我也照顾过父母，但因为家人间有着过去的牵绊，所以彼此的关系无法超越恩怨。而作为"专业人士",你们做着家人无法做到的事情,你们得到了应有的报酬。我希望你们为此感到骄傲。

(本文原载于《女性SEVEN》杂志2022年7月28日刊)

MY HOME SANYA
by Shunji SUENAMI
© 2025 Shunji SUENAMI
All rights reserved.
Original Japanese edition published by SHOGAKUKAN.
Chinese(in simplified characters) translation rights in China(excluding Hong Kong, Macao and Taiwan) arranged with SHOGAKUKAN through Shanghai Viz Communication Inc.

图字：09-2023-0797 号

图书在版编目(CIP)数据

山谷，我的家 /（日）末并俊司著 ；王家民译.
上海 ：上海译文出版社，2025.3. --（译文纪实）.
ISBN 978-7-5327-9697-7

Ⅰ.Ⅰ313.55

中国国家版本馆 CIP 数据核字第 2025XV8319 号

山谷，我的家

[日]末并俊司 著　王家民 译
责任编辑/常剑心　　装帧设计/邵旻　观止堂_未氓

上海译文出版社有限公司出版、发行
网址：www.yiwen.com.cn
201101　上海市闵行区号景路 159 弄 B 座
上海市崇明县裕安印刷厂印刷

开本 890×1240　1/32　印张 6.75　插页 2　字数 88,000
2025 年 3 月第 1 版　2025 年 3 月第 1 次印刷
印数：0,001—6,000 册

ISBN 978-7-5327-9697-7
定价：48.00 元

本书中文简体字专有出版权归本社独家所有，未经本社同意不得转载、摘编或复制
如有质量问题，请与承印厂质量科联系,T:021-59404766